Aussitôt, Sylvie fut sur la défensive...

"Comment osez-vous suggérer une chose pareille? Léon est votre frère, il a été très malade. Je lui témoigne un peu de sollicitude...d'affection, et vous voulez tout gâcher en m'accusant d'avoir des motivations secrètes?"

"Je ne vous ai pas accusée," répondit Yani d'une voix vive. "Ne soyez donc pas si susceptible, Sylvie! Essayez de comprendre! Léon et Margot n'ont pas vécu ensemble depuis près d'un an. Mon frère est humain, vous êtes ici, et Margot non."

Sylvie réprima un cri d'indignation. Il la scrutait d'un air hostile, les paupières mi-closes.

"Je vois bien la façon dont il vous regarde, dont il vous parle," reprit-il. "Il trouve manifestement votre compagnie...agréable."

Sylvie était parcourue de frissons. La proximité de Yani la troublait, il éveillait en elle des désirs irrésistibles...

NOUVEAU!

Pour fêter le retour du printemps, la collection Harlequin Romantique se pare d'une nouvelle couverture... plus belle, plus tendre, plus romantique!

Dès les prochaines parutions!

Ne manquez pas les six nouveaux titres de la collection Harlequin Romantique!

SOUS LE CIEL DE MONASTIROS

Anne Mather

Collection Harlequin

PARIS • MONTREAL • NEW YORK • TORONTO

Publié en mai 1983

© 1982 Harlequin S.A. Traduit de *Innocent Obsession*
© 1981 Anne Mather. Tous droits réservés. Sauf pour
des citations dans une critique, il est interdit de
reproduire ou d'utiliser cet ouvrage sous quelque forme
que ce soit, par des moyens mécaniques, électroniques
ou autres, connus présentement ou qui seraient inventés
à l'avenir, y compris la xérographie, la photocopie et
l'enregistrement, de même que les systèmes d'informatique,
sans la permission écrite de l'éditeur, Editions Harlequin,
225 Duncan Mill Road, Don Mills, Ontario, Canada M3B 3K9.

ISBN 0-373-49328-2

Dépôt légal 2e trimestre 1983
Bibliothèque nationale du Québec et Bibliothèque nationale
du Canada.

Imprimé au Québec, Canada—Printed in Canada

1

— Cela ne me paraît pas possible, Margot, risqua prudemment Sylvie en croquant une branche de céleri.

Margot se nourrissait exclusivement d'aliments pauvres en calories, et après un repas composé de fromage blanc et d'ananas, Sylvie avait encore grand faim. Sa sœur écarta le saladier d'un geste impatient.

— Et pourquoi pas ? répliqua-t-elle. Que comptes-tu faire jusqu'en octobre ? Rien du tout ?

Sylvie haussa les épaules. L'épais rideau de ses cheveux blonds balaya ses joues.

— En fait, j'avais l'intention de chercher un travail, expliqua-t-elle.

Les légumes à présent hors d'atteinte, elle en était réduite à picorer les restes de fromage blanc de son assiette. Margot se pencha vers elle d'un air triomphant et posa ses deux coudes sur la table.

— Eh bien voilà ! Je t'offre un emploi ! Pars à Alasyia et occupe-toi de Nikos pendant six semaines. Je te paierai. Et Léon ne s'opposera certainement pas à...

— Non.

— Mais pourquoi ?

— Margot, Léon t'a appelée toi. Nikos est ton fils. Refuses-tu donc de prendre soin de ton propre enfant ?

La jeune femme s'adossa à son siège avec une moue

de dépit, tapotant nerveusement l'accoudoir du bout de ses doigts aux ongles carmin.

— Tu n'es pas raisonnable, déclara-t-elle en poussant un soupir excédé. Je ne peux pas quitter Londres en ce moment, tu le sais parfaitement. Maurice vient de me trouver un rôle, un bon rôle. Je refuse de me laisser dicter ma conduite par toi ou par quiconque, m'entends-tu ?

Sylvie, inclinant la tête sur le côté, contempla son reflet dans la cafetière d'argent. Elle ne ressemblait guère à sa sœur... De neuf ans son aînée, Margot la dépassait d'une bonne tête et était très mince. Sylvie, en revanche, était assez ronde. Les cheveux cendrés de Margot, coupés très courts, lui donnaient une allure de jeune garçon, démentie par ses yeux verts en amande, aux longs cils recourbés. Sa cadette, pas assez riche pour aller régulièrement chez le coiffeur, gardait longue sa chevelure couleur de blé mûr. Enfin, se consolat-elle intérieurement, elle avait une jolie peau et bronzait facilement, à l'inverse de sa sœur. Et si elle était simplement jolie, quand Margot était splendide, elle n'en tirait aucune amertume. Son aînée se souciait beaucoup plus de son physique qu'elle-même.

— Tu devrais écrire à Léon, reprit-elle. Explique-lui la situation. Puisque tu ne peux pas partir en ce moment, demande-lui de trouver quelqu'un pour garder Nikos.

Margot pinça les lèvres.

— C'est très simple, n'est-ce pas ? Si j'écris à Léon, il s'organisera certainement, c'est là ton avis ?

— Eh bien pourquoi pas ?

Sa sœur poussa un soupir agacé.

— Tu oublies une chose. Léon n'est pas comme nous. Il n'est pas anglais, il est grec. Et les Grecs ont une tout autre attitude envers les femmes.

— Il t'a tout de même épousée, objecta Sylvie. Tu étais actrice et il le savait.

— Il savait que *j'essayais* de l'être ! Je n'avais encore jamais joué. En fait, j'avais perdu tout espoir. Si Lewis ne m'avait pas proposé cet emploi de mannequin, je ne serais jamais allée à Athènes, je n'aurais pas rencontré Léon et ce mariage n'aurait jamais eu lieu !

Sylvie ne répondit rien. Lorsque sa sœur avait épousé Léon Petronidès, sept ans auparavant, elle-même avait à peine onze ans ; elle était trop jeune pour comprendre la situation de Margot. Elle se souvenait du retour de celle-ci, enthousiaste, exubérante : elle avait rencontré le fils d'Aristote Petronidès ! Puis, Léon était venu à Londres pour la revoir. Il avait fait sa demande officielle peu de temps après, comme dans les contes de fées. En dépit de la désapprobation de ses parents, Léon avait refusé de renoncer à Margot. Le jeune couple, aussitôt marié, était parti en voyage de noces aux îles Fidji, envié de tous. Mais les années avaient passé, un fils, Nikos, leur était né, et progressivement, des problèmes avaient surgi entre eux. Margot s'était lassée de sa vie avec Léon et avait commencé à s'ennuyer.

Un an auparavant, un événement avait bouleversé leur existence : après avoir rempli son rôle d'épouse et de mère pendant six ans, conformément aux vœux de ses beaux-parents, Margot était rentrée à Londres, à la mort de son père. Léon, en voyage d'affaires à l'époque, n'avait pu l'accompagner et la jeune femme était venue seule assiter aux funérailles.

Depuis, malheureusement, elle avait refusé de repartir. Les premiers temps, sous prétexte de consoler sa mère très affligée, elle était restée dans la maison familiale. Mais bientôt, elle n'avait pu résister au désir de reprendre contact avec son imprésario. Or, celui-ci avait justement un rôle pour elle. Une actrice était tombée malade, au moment où la troupe s'apprêtait à partir en tournée. Margot avait saisi l'occasion. Elle s'était installée à Londres, dans un appartement meublé, et avait repris sa vie d'actrice.

Bien sûr, Léon avait protesté. Mme Scott, la mère des deux jeunes filles, avait dû plus d'une fois l'apaiser lorsqu'il téléphonait de Grèce pour exiger le retour de sa femme.

Mais elle avait du mal à se montrer convaincante : elle-même s'inquiétait beaucoup de cet état de choses.

A Pâques, Léon était venu en Angleterre pour chercher Margot. Il l'avait trouvée très occupée : elle avait commencé les répétitions pour une prochaine pièce. Le malheureux avait grondé et tempêté, mais en vain. Margot avait obtenu un délai supplémentaire de trois mois. A présent, toutefois, Léon se montrait inébranlable : Margot *devait* rentrer. Cette situation avait assez duré et de plus, la nourrice de Nikos était obligée de s'absenter pour aller au chevet de sa mère malade.

— De toute façon, Léon refusera de m'écouter, déclara Margot. J'ai déjà essayé, mais sans résultat. C'est à cause de sa famille. Ils le poussent à insister. S'ils n'étaient pas intervenus, j'aurais probablement obtenu un sursis de six mois, mais...

— Et ton fils ? protesta Sylvie. Tu ne l'as pas vu depuis près d'un an. N'est-il donc rien pour toi ?

Margot prit une expression morose.

— Si... Mais je suis une actrice. Je dois penser à ma carrière. Pour réussir un jour, je dois m'y consacrer entièrement.

— Alors divorce. Avoue la vérité à Léon. Explique-lui que tu ne veux plus être sa femme. Tu es citoyenne britannique, il ne peut pas t'obliger à retourner en Grèce.

— Ai-je dit que je voulais divorcer ? lança Margot

d'un air irrité... Enfin, je veux deux choses, reprit-elle en voyant l'expression incrédule de sa sœur. D'autres femmes ont à la fois un mari et un métier, pourquoi pas moi ?

— Mais leurs époux ne vivent pas en Grèce lorsqu'elles-mêmes sont à Londres. Oh Margot ! Sois donc un peu honnête ! En fait, tu ne veux pas quitter Léon parce qu'il représente une sécurité. Tu veux être sûre de le retrouver quand... si tu échoues dans ta carrière.

— Petite chipie ! Je t'interdis de me parler sur ce ton ! gronda Margot en haussant la voix. Tu n'y comprends rien ! Tu te crois très savante parce que tu viens de réussir brillamment ton baccalauréat, n'est-ce pas ? Eh bien tu te trompes ! Tu ne connais rien à la vie. Et trois ans à Oxford n'y changeront rien !

Sylvie se leva en soupirant. Margot avait probablement raison, après tout. Elle avait seulement dix-huit ans et venait de quitter le lycée. Les études étaient très importantes pour elle, mais, comparées à celle de Margot, son expérience était bien réduite. Elle n'avait jamais côtoyé les milieux artistiques, n'avait jamais été mannequin, n'avait jamais reçu de coups de téléphone d'hommes séduisants à toute heure du jour et de la nuit. Et aucun millionnaire grec ne défierait jamais ses parents pour l'épouser. Néanmoins, ce genre d'aventure ne lui semblait guère désirable...

— Alors tu refuses de m'aider ? articula Margot en dardant sur elle des yeux accusateurs.

Sylvie en eut presque des remords.

— Je ne peux pas, protesta-t-elle faiblement. Je suis désolée, Margot, mais tu vas devoir te tirer seule de cette situation.

— Dans ce cas, je demanderai à maman.

Margot s'était levée à son tour, grande, majestueuse. Sylvie poussa une exclamation étouffée.

— Tu n'oserais pas !

— Oh si ! Je n'ai pas le choix, Sylvie. Je *dois* à tout prix jouer dans cette pièce et personne ne m'en empêchera.

— Mais... Mais maman sera très malheureuse ! s'indigna Sylvie. Elle ne connaît pas la famille de Léon ! En fait, elle connaît à peine Léon lui-même !

— Je le sais, rétorqua sa sœur, refusant de se laisser attendrir.

— Mais elle recommence tout juste à prendre goût à la vie ! Tu sais combien elle s'est retrouvée seule à la mort de papa. Elle vient de s'inscrire à ce club féminin, elle joue au bridge tous les vendredis... Elle va même apprendre à jouer au golf ! Tu ne peux pas l'arracher à tout cela !

Margot traversa la pièce, prit une cigarette sur la cheminée et l'alluma lentement.

— La crois-tu capable d'abandonner Nikos ? questionna-t-elle avec une lenteur calculée, la crois-tu capable de laisser des inconnus s'occuper de lui ?

— C'est du chantage !

— Non, ça n'en est pas. Si tu refuses de m'aider, je n'ai personne d'autre.

Les épaules de Sylvie s'affaissèrent.

— Léon n'acceptera jamais...

— Nous ne lui dirons rien. Tu arriveras simplement à ma place.

— Non !

— Non ?

— Que pensera-t-il ? Comment réagira-t-il ?

— Tu le convaincras. Il m'est impossible de quitter Londres, et tu le lui expliqueras. Léon ne discutera pas... Il est trop courtois pour cela. Et Dora reviendra avant qu'il ait eu le temps de trouver le moyen de contrecarrer mes projets.

— Dora ?

— C'est la nourrice. Sa mère ne va pas rester éternellement malade.

Sylvie lissa ses cheveux d'une main tremblante.

— Margot...

— Eh bien ? Vas-tu m'abandonner ?

Sa cadette secoua la tête d'un air impuissant.

— Quand dois-je partir ?

— Mardi prochain.

— Mardi ? Mais Margot ! Je ne serai jamais prête à temps !

— Pourquoi pas ? Que dois-tu faire au juste ? Mettre deux maillots de bain et une robe du soir dans une valise... Tu ne comptes pas emporter ces blue jeans répugnants, j'espère, ajouta-t-elle avec une moue de dégoût. Te rends-tu compte à quel point ils sont moulants ?

Sylvie annonça la nouvelle à sa mère le soir-même, après le dîner. Elle devait aller danser avec Brian Jennings et préférait qu'elle soit au courant avant de sortir. Cela laisserait à celle-ci le temps de se remettre du choc, et elles pourraient en discuter calmement le lendemain matin. Mais à sa grande surprise, Mme Scott parut soulagée.

— Je savais que Margot s'adresserait à toi, déclara-t-elle simplement. Je ne pouvais pas m'absenter, puisque j'ai promis au vicaire de l'aider à organiser le festival d'été, et je l'ai dit à ta sœur. Comme nous n'avions pas prévu de partir cet été, cela te fera des vacances.

Sylvie en fut abasourdie. Ainsi, Margot s'était jouée d'elle ! Elle était allée trouver sa mère en cachette, puis avait menacé de le faire pour arracher l'accord de sa jeune sœur !

— Mais ne la trouves-tu pas un peu égoïste ? balbutia-t-elle.

Mme Scott s'était déjà installée au salon dans son fauteuil. Elle se contenta de hausser les épaules.

— Si on ne la laisse pas faire, Margot rêvera toute sa vie de devenir une actrice... Allume la télévision, ma chérie, veux-tu ? Je ne voudrais pas manquer le feuilleton.

Sylvie, plongée dans ses réflexions, fut peu bavarde ce soir-là. Brian s'en aperçut au bout d'un moment. Il l'entraîna dans un coin à l'écart de la piste de danse.

— Que se passe-t-il ? Ai-je dit quelque chose de déplaisant ? Ou bien n'avais-tu pas envie de sortir ce soir ?

— Non, non !

Sylvie lui noua les bras autour du cou en souriant pour s'excuser.

— Il s'est passé quelque chose aujourd'hui, reprit-elle. Cela ne me plaît pas, mais je suis obligée de le faire à présent, j'ai promis.

— Quoi donc ? Tu n'as pas accepté d'aller à ce stage d'archéologie, n'est-ce pas ? Tu m'avais juré...

— Non, ce n'est pas cela...

M. Hammond, son professeur d'histoire, lui avait proposé de participer à un stage de fouilles archéologiques au nord de l'Angleterre. En dépit de son intérêt pour l'Antiquité, Sylvie avait refusé : elle tenait à travailler cet été pour gagner un peu d'argent. De plus, Brian, retenu à Londres tout l'été avait vivement protesté lorsqu'elle lui avait parlé de cette éventualité. Il apprécierait encore moins de la voir partir en Grèce...

— En fait, je m'en vais, avoua-t-elle.

Brian recula d'un pas.

— Ah oui ? En vacances ? Mais pourtant...

— Non, pas en vacances, l'interrompit Sylvie en soupirant. Il s'agit d'un travail. Je vais à Alasyia, m'occuper du petit garçon de Margot pendant quelques semaines.

— Alasyia ? En Grèce ?...

12

La jeune fille hocha la tête.

— ... Je vois...

Brian recula encore et les bras de Sylvie retombèrent.

— ... Quand as-tu pris cette décision ?

— Aujourd'hui même. Léon a exigé le retour de Margot mais elle est occupée à répéter sa pièce...

— Et elle t'a demandé d'y aller à sa place ?

— Oui.

— Ce projet te plaît-il ?

— Pas du tout ! rétorqua Sylvie avec une grimace.

— Alors pourquoi n'as-tu pas refusé ?

— Ça a été ma première réaction, mais... Oh, Brian ! Elle m'a menacée de faire appel à maman. J'ai cru qu'elle accepterait, cela l'aurait rendue très malheureuse, alors j'ai été obligée de me soumettre.

Brian pinça les lèvres.

— Mais moi, je ne compte pas, bien entendu !

— Si, voyons, ne sois pas stupide... Je n'y tenais pas du tout. Seulement maintenant, j'ai promis. J'y suis obligée.

— Pourquoi ton beau-frère n'engage-t-il pas une nourrice ?

— Il en a une, Dora, mais elle doit s'absenter pour s'occuper de sa mère malade.

— Sa mère malade ! répéta Brian, sarcastique.

— C'est vrai ! Oh ! Ne peux-tu pas essayer de comprendre ? Ce n'est pas facile pour moi non plus ! Léon attend Margot et je vais arriver à sa place.

— Pour combien de temps ?

— Je ne sais pas, deux ou trois semaines...

Sylvie ne se sentait pas le courage de lui parler des six semaines évoquées par sa sœur.

— Trois semaines ! Mais c'est encore plus long que le chantier de fouilles ! s'exclama Brian, indigné.

— Je le sais... Je ne veux pas partir, Brian, sincèrement, soupira la jeune fille en lui posant la main sur le bras.

— Et moi ? que suis-je censé faire ? Rester chez moi en attendant ton retour ? Je vais être la risée de tous !

— Mais non, essaya-t-elle de l'apaiser. D'ailleurs, ne suis-je pas digne d'être un peu attendue ?

— Comment le saurais-je ? riposta-t-il grossièrement. Tu ne m'as jamais laissé l'occasion de le découvrir !

Sylvie s'empourpra.

— Cesse donc ces remarques douteuses, jeta-t-elle d'une voix altérée. Contrairement à d'autres filles de mon âge, je ne m'offre pas à tout un chacun !

— Je ne te parle pas de tout un chacun, protesta Brian en lui glissant les bras autour de la taille, seulement de moi !

— Non, Brian.

— Comment cela, non ? Non... maintenant, non plus tard, ou non pour toujours ?

— Simplement non.

— Pourquoi ?

— Parce que je ne peux pas.

— Ou plutôt, tu ne veux pas ?

— Brian, pourquoi est-ce si important pour toi ? Je suis ton amie, tout le monde le sait. Quelle différence cela ferait-il si je te cédais ?

— Si tu me poses cette question, cela signifie que je perds mon temps, grommela-t-il en la lâchant.

Avec tristesse, Sylvie se demanda pourquoi elle refusait avec tant d'opiniâtreté. Brian était beau et sympathique, beaucoup de jeunes filles de son lycée avaient tenté d'attirer son attention. Sylvie et lui se voyaient régulièrement depuis trois mois. Elle était satisfaite de leur relation et n'avait jamais eu envie d'aller plus loin. Mais ce soir, manifestement, Brian était décidé à précipiter les choses.

— Je ne te comprends pas, reprit-il. Tu as l'air si mûre, si féminine, mais en vérité, tu dois être encore totalement inexpérimentée, n'est-ce pas ? Allons viens, je te ramène chez toi. Dans ces conditions, il est inutile de poursuivre... C'est-à-dire, puisque tu pars... Rappelle-moi à ton retour, nous en discuterons. Mais en attendant, nous sommes libres l'un et l'autre, d'accord ?

Sylvie ne répondit rien. Une phrase résonnait dans sa tête : « Tu as l'air si féminine ! » Féminine ? Elle ? Cela lui paraissait incroyable, surtout après s'être comparée à sa sœur le jour-même...

*
**

Sylvie n'était jamais allée à Alasyia, mais elle avait souvent entendu les descriptions de Margot. C'était une péninsule au sud d'Athènes, une avancée de terre plantée de pins dominant les eaux bleues de la mer Egée. Les parents de Léon vivaient à Athènes même. Sylvie se rappelait vaguement le visage hâlé d'Aristote Petronidès et les traits plus aristocratiques de son épouse. Ils avaient assisté à la cérémonie du mariage à Londres, visiblement à contrecœur, et avaient insisté pour refaire une cérémonie orthodoxe dès leur retour en Grèce. Les frères et sœurs de Léon, — il était le second de huit enfants — n'avaient pas tous fait le voyage. Mais son frère aîné, Yani, lui avait servi de témoin, et deux de ses jeunes sœurs avaient accompagné M. et Mme Petronidès. Sylvie se souvenait à peine d'eux. A l'époque, elle se préoccupait bien trop de son rôle de demoiselle d'honneur pour prêter attention à quiconque, mais cette première rencontre ne lui avait pas donné l'envie de les revoir. Elle parviendrait peut-être à bien s'entendre avec Léon. Mais Aristote Petronidès...

L'avion atterrit à Athènes à quatre heures de l'après-midi. On était au mois de juin, il faisait déjà assez chaud à Londres. Mais rien n'avait préparé Sylvie à la canicule qui l'assaillit dès qu'elle fut sur la passerelle. Elle eut l'impression d'être enveloppée dans une couverture étouffante et se réjouit d'avoir mis, sur les conseils de sa mère, une robe, au lieu de ses éternels blue-jeans.

En pénétrant dans le hall de l'aéroport, Sylvie remarqua aussitôt un homme grand, debout près d'un pilier, vêtu d'un élégant costume gris. Il la fixait... C'était assurément un Grec. D'une taille supérieure à la moyenne, il avait les cheveux très noirs et des yeux sombres aux paupières lourdes et aux cils épais. Il était très séduisant... Mais l'intensité de son regard la troubla. Nerveusement, elle jeta un coup d'œil à la ronde, cherchant Léon. Elle se sentait subitement très vulnérable et loin de chez elle.

— Excusez-moi !

Trop occupée à éviter de regarder l'inconnu, elle n'avait pas suivi le flot des passagers et était seule à présent dans l'enceinte réservée aux voyageurs. Sylvie se retourna brusquement et entrouvrit les lèvres, stupéfaite : l'homme l'avait rejointe et lui barrait le passage.

— Laissez-moi passer, je vous prie, déclara-t-elle sèchement.

— Je crois vous connaître, insista-t-il à la grande consternation de la jeune fille. N'êtes-vous pas Sylvie Scott ? La sœur de Margot ?...

Il fronça les sourcils en voyant l'étonnement se peindre sur son visage.

— ... Que faites-vous ici ? s'enquit-il, où est Margot ? Est-elle avec vous ?

— Qui... Qui êtes-vous ?

Sylvie était abasourdie. Ce n'était pas Léon, ce ne pouvait être Aristote Petronidès et pourtant... Pourtant elle distinguait une certaine ressemblance.

16

— Vous ne vous souvenez pas de moi ? s'étonna-t-il avec une pointe de dédain. Je suis Yani Petronidès, le frère de Léon. A présent, allez-vous me dire où est Margot ?

Sylvie humecta ses lèvres desséchées. Yani Petronidès ! Bien sûr !... Elle ne l'aurait jamais reconnu... Mais lui n'avait pas hésité. Avait-elle donc si peu changé depuis l'enfance ?

— Miss Scott ?

Il insistait, visiblement agacé par son silence. Sylvie jeta un coup d'œil éperdu vers l'officier des douanes.

— Je... Ne devrais-je pas accomplir les formalités de la douane avant tout ? balbutia-t-elle pour gagner du temps.

— Vous allez d'abord m'apprendre où est la femme de mon frère.

— Elle n'est pas là, avoua-t-elle, avec une toute petite voix.

Sylvie s'interrompit avec une exclamation étouffée. Yani Petronidès venait de lui saisir le bras sans douceur.

— Comment cela... Pas là ? gronda-t-il, les dents serrées... Allez-y, donnez votre passeport à l'officier. Je vous attendrai de l'autre côté.

Profondément troublée, Sylvie lui obéit, en s'étonnant intérieurement de ne pas lui opposer plus de résistance. Comment pouvait-il se montrer aussi arrogant avec une inconnue ? La jeune fille commençait à se trouver bien téméraire d'avoir accepté de venir seule ici.

Il la rejoignit aussitôt, accompagné d'un homme en livrée.

— Venez ! lui intima-t-il brièvement.

De plus en plus inquiète, Sylvie le suivit jusqu'à la spacieuse limousine garée devant le bâtiment.

— Léon... commença-t-elle.

Mais d'un geste, Yani lui enjoignit de se taire. Il attendit de s'être installé à l'arrière avec elle, protégé par une vitre les séparant de l'avant. Alors seulement, il se tourna vers elle, les yeux étincelants.

— A présent, dites-moi quand Margot a l'intention de nous rejoindre. Ou bien la maladie de son mari est-elle insuffisante pour la décider à rentrer chez elle ?

2

Sylvie le dévisagea un long moment sans répondre. Puis elle baissa les yeux et fixa sans les voir ses mains, croisées sur son sac. Etait-il sérieux ? Léon, malade ? Et Margot le savait !

— Bien entendu, vous allez m'affirmer que vous l'ignoriez, n'est-ce pas ? railla-t-il avec mépris. Ne vous donnez pas cette peine, je ne vous croirais pas.

— Mais c'est vrai !...

Elle releva vivement la tête et frémit en voyant son expression sceptique.

— ... Comment l'aurais-je su ? Margot est-elle au courant ?

— Margot est-elle au courant ? répéta-t-il, acerbe. Oh ! oui, elle l'est tout à fait. Sinon, pour quelle raison vous aurait-elle envoyée ici ?

— Pour m'occuper de Nikos quelque temps, riposta-t-elle, piquée au vif par son insolence et son hostilité. Elle ne m'a rien précisé d'autre... Mais si on n'a pas besoin de moi, pourquoi ne me ramenez-vous pas à l'aéroport ? reprit-elle après un instant d'hésitation. Il y a un vol je crois...

— Attendez !...

Sa voix s'était teintée d'amertume. Sylvie, pleine d'appréhension, se recroquevilla sur son siège.

— … Vous voulez vraiment me persuader que vous ne saviez rien de l'opération de Léon ?

— C'est la vérité, que vous le vouliez ou non, répliqua dignement Sylvie.

Il resta silencieux un moment, la tête appuyée sur le dossier de cuir. Puis il se redressa.

— C'est bon, je vous crois. Mais cela ne résout pas le problème.

Sylvie prit précipitamment la parole, pour combattre sa nervosité.

— Léon… Que lui est-il arrivé ? Je… Margot ne se doutait certainement pas que c'était grave.

Yani pinça dédaigneusement les lèvres.

— Ah non ? Les opérations du cœur ne sont-elles pas toujours graves ?

— On l'a opéré du cœur ? balbutia-t-elle, le souffle coupé. Je… Je ne sais que dire.

Yani observa son visage bouleversé sans un mot, puis, apitoyé par son expression, il baissa les yeux, contemplant ses mains.

— Léon avait de l'asthme étant enfant, commença-t-il d'une voix neutre. On a diagnostiqué récemment un mauvais fonctionnement du muscle cardiaque. Les médecins lui ont conseillé de remédier à cela le plus vite possible.

— Et… Et Nikos ?

— Nikos… Eh bien, il est resté chez nous pendant le séjour de Léon à l'hôpital. Mon frère vient de sortir, et Margot devait les raccompagner à la maison.

— Oh mon Dieu !

La jeune fille se sentait affreusement mal à l'aise. Comment Margot avait-elle pu leur faire cela ? A elle-même, et à Léon ? Ainsi, elle n'avait pas jugé utile d'aller le voir à la clinique ? Elle comprenait à présent la stupeur de Yani en la trouvant ! Et elle redoutait la

20

réaction des parents de ce dernier lorsqu'ils la verraient arriver à la place de Margot.

Se détournant, elle observa le paysage par la vitre. Ils avaient déjà franchi les dix kilomètres séparant l'aéroport de la ville. Les ruelles tortueuses et les petites boutiques des banlieues cédaient la place aux grandes avenues et aux places bordées d'arbres du cœur de la ville. De grands immeubles de marbre voisinaient avec des agences de voyage et des boutiques de souvenirs.

Soudain, Sylvie sursauta : Yani venait de se pencher en avant et de taper à la glace de séparation. Le chauffeur la baissa en silence. Les deux hommes échangèrent quelques mots en grec. Puis, après avoir jeté un coup d'œil dubitatif à la jeune fille, l'employé freina abruptement et quitta l'avenue, tournant dans une rue baignée de soleil. Ils débouchèrent bientôt sur une place ombragée où des mères promenaient leurs enfants. A l'un des angles se dressait un grand bâtiment moderne, de béton et de verre. La Mercedes glissa sans bruit jusqu'au pied des marches.

Sylvie fit un mouvement pour sortir, mais Yani l'arrêta avec douceur.

— Ceci n'est pas la demeure de mes parents, expliqua-t-il. Il me semble préférable de leur parler, à eux et à mon frère, avant de vous amener. Comprenez-vous ? C'est une situation... comment dit-on ? délicate.

Elle acquiesça.

— J'en suis consciente... Mais ne serait-ce pas encore mieux si... si je repartais tout de suite...

— Non !

Son exclamation avait été véhémente et son souffle chaud vint frôler la joue de Sylvie. Elle prit subitement conscience de leur proximité dans l'espace réduit de la voiture. Quel âge pouvait-il bien avoir ? Trente-cinq ans ? Trente-six ? Il était sans doute marié, à en juger par l'anneau ornant son long doigt brun... Il la troublait, comme jamais Brian ou aucun autre n'avait su le faire.

— Vous allez m'attendre ici, reprit-il en indiquant l'immeuble. C'est mon appartement. Oh! Ne vous inquiétez pas, ma gouvernante, Mme Kuriakis, prendra soin de vous jusqu'à mon retour.

— Est-ce bien nécessaire? objecta Sylvie d'un air sceptique. Enfin... Si Nikos n'a pas besoin de moi...

— Si, justement, répliqua posément Yani. Mes parents sont trop âgés pour s'occuper d'un enfant de six ans. Et si Margot n'a pas l'intention d'assumer ses responsabilités, vous la remplacerez.

Le chauffeur attendait patiemment à côté de la voiture. Sur un bref signe de tête de son employeur, il ouvrit la portière et s'effaça pour les laisser descendre, le visage impassible. A quoi pouvait-il penser? S'il ne comprenait pas l'anglais, savait-il qui elle était? Et comment interprétait-il sa présence dans l'appartement de Yani?

Celui-ci demanda à la jeune fille de le suivre sans faire mine de sortir ses bagages du coffre. Ils gravirent les marches, franchirent les portes vitrées et arrivèrent dans un grand hall dallé. Les étages étaient desservis par plusieurs ascenseurs.

Dans l'étroite cabine, Sylvie trouva la présence de Yani plus troublante encore. Il donnait une impression de puissance et d'agilité. Il ne ressemblait guère à Léon. Elle se souvenait de son beau-frère comme d'un homme plus petit, plus doux, et certainement beaucoup moins dangereux. Quel changement! s'étonna-t-elle : sept ans auparavant, lorsqu'elle avait onze ans, Yani avait été simplement un inconnu au mariage de sa sœur. A présent, il était un homme... Et elle se sentait femme.

Une fraîcheur délicieuse régnait dans le corridor. Yani s'arrêta devant une double porte laquée de blanc sur laquelle le nom de Petronidès se détachait en lettres d'or. Il sortit un trousseau de clefs de sa poche, en inséra une dans la serrure, puis invita Sylvie à entrer.

L'espace et la lumière la frappèrent tout d'abord. Mais la vue offerte par les grandes baies lui coupa le souffle. L'Acropole et les colonnes d'un blanc laiteux du Parthénon surplombaient les toits d'Athènes. C'était un paysage d'une beauté féerique. Comme attirée par un aimant, Sylvie s'avança lentement jusqu'à la fenêtre. Elle ne s'aperçut pas immédiatement que Yani avait quitté la pièce.

Lorsqu'elle parvint enfin à s'arracher à sa contemplation, elle regarda autour d'elle, assez désorientée. Elle n'avait jamais connu un tel luxe et elle s'écarta avec gêne des miniatures délicates et des bronzes ornant les étagères, craignant une maladresse de sa part.

Des tapis persans recouvraient le sol de mosaïque roux et or, des lampes de cuivre ornaient les murs au-dessus des fauteuils de daim lisse égayés de coussins chatoyants. Radio, chaîne stéréo et télévision étaient encastrés dans des étagères en bois naturel, sans rompre l'harmonie subtile et chaude de la pièce.

Une porte s'ouvrit derrière elle, Sylvie se retourna. Yani apparut, accompagné d'une femme entre deux âges, replète et toute vêtue de noir. Elle observa la jeune fille d'un air soupçonneux.

— Voici madame Kuriakis, annonça-t-il.

Puis, se tournant vers la gouvernante, il lui présenta Sylvie. Mme Kuriakis murmura poliment une phrase d'accueil en grec et, se tournant vers son employeur, lui posa une question.

— Ma gouvernante voudrait savoir si vous désirez boire ou manger quelque chose, traduisit Yani. Excusez-moi, mais je dois vous laisser à présent. Je m'efforcerai de revenir le plus rapidement possible.

Sylvie était bien trop nerveuse pour avaler quoi que ce soit, mais elle n'osait pas l'avouer.

— Peut-être un peu de café, suggéra-t-elle d'une voix hésitante... Mais je ne sais si je puis vraiment rester ici... Votre femme...

— Je ne suis pas marié, Miss Scott.

Il transmit son désir à la gouvernante, adressa un bref sourire à Sylvie et sortit. Mme Kuriakis se retira aussi après avoir invité la jeune fille à s'asseoir. Restée seule, Sylvie se sentit terriblement embarrassée. C'était de la faute de Margot, songea-t-elle amèrement. Margot l'avait envoyée ici, en sachant quelle humiliation l'attendait. Elle avait bien envie de se lever et de fuir cette cage dorée.

Le retour de Mme Kuriakis l'apaisa un peu. L'employée apportait un plateau chargé de gâteaux, d'une cafetière et d'un sucrier. Elle posa le tout sur une table basse devant Sylvie puis se pencha pour la servir.

— Krema ? proposa-t-elle en indiquant un petit pot de lait.

— Non merci, refusa Sylvie en accompagnant sa réponse d'un geste de la main.

Avec un bref signe de tête, la femme se redressa et quitta la pièce.

Le café était très fort et amer. Après une première gorgée, Sylvie s'empressa d'y ajouter du lait et du sucre, mais elle ne put retenir une grimace en buvant le breuvage inhabituel. Les confiseries étaient beaucoup plus à son goût... Mais elles ne devaient pas être recommandées pour la ligne. Yani, lui, était mince...

Le souvenir de Yani la troubla et elle se leva vivement. Traversant la pièce, elle alla à la fenêtre. Sans savoir pourquoi, elle répugnait à penser à lui. Sans doute était-ce dû à son attitude envers elle. Margot n'avait pas menti, les Grecs étaient bien différents des

24

Anglais... Et elle n'était pas sûre d'apprécier cette différence.

Elle se demanda ce que Léon avait réellement écrit à Margot. Leur mère connaissait-elle la vérité ? Sans doute pas. Même si elle se montrait tolérante envers sa fille aînée, Mme Scott lui aurait certainement enjoint de rentrer immédiatement en Grèce si elle avait su que Léon était à l'hôpital.

Quant à elle, Sylvie était trop perturbée pour réfléchir. S'occuper de Nikos tandis que son père vaquait à ses occupations habituelles était une chose ; servir d'infirmière en était une autre. D'ailleurs, Léon ne voudrait pas d'elle. C'est Margot qu'il voulait voir, Margot qu'il attendait, Margot qui aurait dû être ici aujourd'hui.

Le temps passait avec une lenteur insupportable. Les aiguilles semblaient ne jamais devoir atteindre le chiffre six. A six heures un quart, le téléphone sonna. Mme Kuriakis vint répondre. Ce devait être Yani, supposa Sylvie. Léon et ses parents refusaient de la voir, il appelait pour le lui annoncer. Mais la gouvernante, sans lui accorder un regard, parla avec animation avant de raccrocher. Elle se tourna alors vers la jeune fille.

— Miss Eléni, annonça-t-elle.

Et Sylvie se força à sourire d'un air entendu. Mais elle ne savait absolument pas qui était cette Miss Eléni. Une femme... Mais pas celle de Yani, il n'était pas marié. Sa sœur, peut-être ; ou une cousine... Plus vraisemblablement sa petite amie, songea-t-elle avec un soupir résigné. Yani Petronidès devait jouir d'un certain succès auprès du sexe faible.

Le bruit de la clef dans la serrure la fit sursauter, elle se retourna brusquement, de nouveau pleine d'appréhension. Le crépuscule était tombé, la pièce était à présent plongée dans la pénombre. Elle reconnut aussitôt la silhouette élancée de son hôte. Il referma la porte derrière lui et s'avança vers elle d'une démarche souple et féline.

— Je suis navré d'avoir été aussi long, s'excusa-t-il, mais il y avait beaucoup de choses à discuter, vous vous en doutez. Et il fallait procéder aux arrangements nécessaires.

— Des arrangements ? répéta faiblement Sylvie. Je... Je vais donc rester ici ? C'est-à-dire... En Grèce ? Qu'a dit votre frère ?

Yani n'eut pas le temps de lui répondre. Mme Kuriakis était entrée et se mit à lui parler. Le nom d'Eléni revint à plusieurs reprises dans la conversation, mais tout le reste fut incompréhensible pour la pauvre Sylvie. Celle-ci se sentait de trop et ne savait quelle attitude prendre.

Finalement, Yani donna quelques instructions à sa gouvernante et celle-ci se retira, laissant Sylvie face à son hôte.

— Bien ! déclara Yani en soupirant. Nous pouvons reprendre à présent. Oui, vous allez rester en Grèce.

Les jambes tremblantes, Sylvie quitta la fenêtre et alla se réfugier sur le divan. Jusqu'à cet instant, elle avait été persuadée de retourner à Londres le jour-même. La nouvelle lui causa un choc.

— Votre... votre frère, balbutia-t-elle. Qu'a-t-il dit ?

Yani haussa les épaules et, à sa grande consternation, vint s'asseoir sur le divan à côté d'elle. Il la dévisagea avec plus de gentillesse.

— Léon veut vous voir. Vous n'êtes pas responsable de l'attitude de Margot, et il est d'accord pour que vous restiez vous occuper de Nikos, comme vous l'aviez prévu.

Sylvie, stupéfaite, écarquilla les yeux.

— Mais comment ? Enfin... Dois-je aller à Alasyia avec Léon ?

— Malheureusement, ce ne serait pas convenable.

— Convenable ?

— Vous êtes une jeune fille. Et Léon a beau être malade, il n'en est pas moins un homme.

— Ah !...

Elle rougit vivement.

— ... Alors... Alors comment...

— Nous avons tout arrangé. Léon est très affaibli, il a besoin d'une période de convalescence. Il ira se reposer à Monastiros.

— Où... Où cela ?

Yani s'adossa confortablement sur les coussins de cuir. Il défit le bouton du col de sa chemise et élargit imperceptiblement le nœud de sa cravate. Il paraissait plus détendu depuis son retour, presque satisfait.

— Monastiros est une île. Elle appartient à... ma famille. Nikos et vous y serez très bien, et Léon recevra tous les soins dont il a besoin. Ma tante, Ariane Petronidès, vous accompagnera.

Sylvie se redressa.

— Mais pourquoi ne pouvons-nous pas aller à Alasyia, puisque votre tante doit nous servir de... chaperon ?

— Vous irez à Monastiros, se contenta-t-il de répondre. C'est arrangé...

Il se frotta la joue d'une main.

— ... Et maintenant, veuillez m'excuser, je dois aller changer de tenue. Mes parents nous reçoivent à dîner ce soir.

— Je ne peux pas aller chez eux ainsi, s'affola Sylvie en indiquant sa robe de cotonnade indienne.

Yani la détailla nonchalamment de la tête aux pieds. Sylvie baissa la tête, les joues cramoisies. Il ne pourrait manquer de remarquer son trouble. Sa poitrine se soulevait et s'abaissait, ses genoux tremblaient sous les plis de l'ample robe.

— Vos valises sont dans la voiture, fit-il enfin. Je vais demander à Spiro de vous les monter.

Son indifférence marquée accrut encore le malaise de la jeune fille. Elle faisait preuve de sensiblerie, se morigéna-t-elle intérieurement. Elle n'avait aucune raison de réagir ainsi. Après tout, ils étaient presque parents, en un sens. Mais jamais aucun homme ne l'avait soumise à un tel examen, et elle se sentait étrangement vulnérable.

— M... Merci, balbutia-t-elle en croisant ses doigts tremblants.

Yani sortit et Sylvie, demeurée seule, essaya de se ressaisir. Mais elle ne pouvait se défaire d'un émoi incompréhensible.

Au bout d'une minute, Mme Kuriakis vint pour la conduire à une chambre dans laquelle elle pourrait se changer. Sylvie se déshabilla dans la salle de bains attenante et prit une douche bien revigorante, en regrettant de n'avoir pas le temps de se plonger dans un bon bain.

Lorsqu'elle revint dans la pièce, drapée dans une épaisse serviette de bain, elle y trouva ses valises. Elle ouvrit la plus grande et en inspecta le contenu d'un air indécis. Pensant séjourner à Alasyia, elle avait apporté des vêtements simples et des petites robes de plage. Sa seule tenue habillée était un ensemble pantalon de velours ambre, accompagné d'une chemise blanche à jabot au col et aux poignets bordés de dentelle. L'ensemble était seyant, accentuait la longueur de ses jambes minces et mettait en valeur le reflet doré de ses prunelles. Néanmoins, Mme Petronidès risquait de ne pas la trouver à son goût, soupira-t-elle en examinant ses hanches rondes moulées par l'étoffe. Margot avait-elle raison ? Portait-elle des vêtements trop ajustés ? Mangeait-elle trop de sucreries ? Sylvie poussa un soupir agacé. Après tout, si elle était ici, c'était par la faute de sa sœur. Et si elle ne trouvait pas grâce aux yeux des Petronidès, Margot serait bien obligée de venir la remplacer.

Elle inspecta ses cheveux aux reflets d'or sans satisfaction. Qu'en faire ? Les tresser ? Les relever en chignon ? Les laisser flotter librement sur ses épaules ? Des tresses serviraient uniquement à souligner son manque de maturité, décida-t-elle, et elle n'avait pas le temps de mettre au point une coiffure plus élaborée. Avec un geste résigné, elle les noua sur sa nuque, jeta un dernier coup d'œil à sa réflexion dans le miroir, et se détourna...

Où dormirait-elle cette nuit ? Les Petronidès comptaient-ils l'héberger ? Cette perspective ne lui souriait guère, mais elle n'aurait sans doute pas le choix. Si on ne l'autorisait pas à rester chez Léon, on la laisserait encore moins passer la nuit chez Yani.

Ce dernier l'attendait au salon. Il paraissait plus brun encore dans sa veste de soirée de mohair sombre. Il était sur le point de se verser à boire au moment où Sylvie entra, mais il se redressa aussitôt et la salua courtoisement.

— Puis-je vous offrir un verre ?

Elle refusa d'un signe de tête. Elle était déjà bien assez nerveuse ainsi ! Pour dissimuler son trouble, Sylvie se dirigea vers la fenêtre. La nuit était tombée, les lumières de la ville luisaient doucement dans le ciel presque noir. Le Parthénon, brillamment éclairé, se détachait, masse gracieuse et imposante sur un écrin de velours. Emerveillée, Sylvie entrouvrit les lèvres.

— Cela vous plaît-il ?

Yani s'était approché sans bruit. Elle leva vers lui des yeux encore rayonnants.

— C'est vraiment magnifique ! s'exclama-t-elle spontanément.

Les yeux du jeune homme s'assombrirent imperceptiblement.

— Quel âge avez-vous, Sylvie ?

Il employait son prénom pour la première fois, et elle rougit.

— Dix-huit ans... dit-elle très vite en se détournant.

Il haussa les épaules.

— Vous êtes encore à l'école, n'est-ce pas ?

— Non, je ne suis plus au *lycée,* rétorqua-t-elle, le corrigeant inconsciemment.

Un léger sourire erra sur les lèvres de Yani.

— Toutes mes excuses, railla-t-il. Je ne voulais pas vous offenser !

Sylvie soupira.

— Ce n'est pas grave, c'est simplement... Je ne suis plus une enfant, voyez-vous, je rentre à Oxford au mois d'octobre.

Il inclina la tête et se dirigea vers la porte.

— Nous ferions bien de partir. Nous devons nous arrêter en chemin et je ne voudrais pas être en retard.

— Ne devrais-je pas prendre mes valises ?

— Vous allez dormir ici cette nuit, répondit-il. Ma sœur, Marina, va revenir avec nous. Elle habitera ici pendant toute la durée de votre séjour.

— Mon séjour ? s'étonna Sylvie.

— Mon frère aura besoin de quelques jours pour s'organiser. La perspective de rester un peu à Athènes ne vous déplaît pas, j'espère ?

— N... Non...

Mais Sylvie était inquiète à l'idée de voir encore Yani Petronidès.

3

Spiro les attendait devant la limousine. Sylvie monta à l'arrière avec une certaine appréhension. L'air de la nuit était doux, parfumé, comme magique. Yani s'installa à côté d'elle sans un mot. Lui gardait-il rancune de sa riposte impulsive ? Désireuse de détendre l'atmosphère, la jeune fille se tourna vers lui.

— Vais-je rencontrer d'autres membres de votre famille ce soir..., Yani ? s'enquit-elle en utilisant délibérément son prénom... A part vos parents ?

Un lourd silence s'ensuivit. N'avait-il pas l'intention de lui répondre ? Etait-il scandalisé par tant de familiarité ? Mais elle tiendrait bon. Elle n'allait tout de même pas l'appeler *Monsieur* Petronidès ! Elle aurait trop l'impression d'être une petite fille !...

— Mes deux plus jeunes sœurs ne sont pas encore mariées, elles vivent chez mes parents, fit-il enfin. Elles seront des nôtres ce soir, et Léon sera là aussi, bien entendu.

Sylvie se demanda si elle verrait Nikos. Il serait probablement déjà au lit. La reconnaîtrait-il ? Elle en doutait. Il était venu à Londres avec ses parents une fois, lorsqu'il avait trois ans, et elle ne l'avait plus revu, si ce n'était en photographie.

La Mercedes avait ralenti. Ils étaient sur une grande

place bordée de maisons hautes blanchies à la chaux. C'était de toute évidence un quartier résidentiel. La voiture s'arrêta devant une demeure imposante. Sans attendre, Yani ouvrit la portière.

— Un moment, je vous prie.

Au même instant, la porte s'ouvrit et une jeune femme apparut sur le seuil. Elle descendit rapidement les quelques marches. Elle était grande, mince et élégante. Sa jupe ample ondulait gracieusement autour d'elle, ses cheveux noirs retombaient souplement sur ses épaules. Elle était très séduisante et Sylvie l'observa avec une pointe d'envie tandis que Yani se penchait vers elle pour l'embrasser. L'inconnue posa familièrement sa main sur sa nuque. Ce devait être Eléni, devina Sylvie.

Les deux jeunes gens revinrent ensemble vers la voiture et la nouvelle venue monta avec grâce. Elle salua Sylvie d'un sourire timide. Quel âge pouvait-elle bien avoir ? Vingt et un ou vingt-deux ans ? Sûrement pas plus. Elle paraissait très réservée. Sylvie lui rendit son sourire.

— Eléni, je vous présente la belle-sœur de Léon, Sylvie. Elle va s'occuper de Nikos en attendant que sa mère se sente capable de faire face à ses responsabilités.

— Oh ! mais… voulut protester Sylvie.

— Je suis enchantée de vous connaître, Sylvie, dit poliment Eléni en lui tendant la main. Yani m'avait expliqué que vous aviez eu la gentillesse de venir. Je vous souhaite de passer un séjour agréable dans notre pays.

— Je vous remercie, répondit-elle en essayant de prendre une voix chaleureuse.

Mais une question lui brûlait les lèvres : *Et Dora ?* Personne n'avait encore fait allusion à la nourrice.

Eléni croisa sagement ses mains sur ses genoux.

Sylvie remarqua alors le rubis cerclé de diamants qui ornait son annulaire. Une bague de fiançailles ? Offerte par Yani ? Les deux jeunes gens échangèrent quelques mots dans leur langue maternelle. Au bout d'un moment, Eléni se tourna vers la jeune Anglaise.

— Comment va Margot, Sylvie ? J'ai fait sa connaissance l'an dernier, au mariage de Michael, le jeune frère de Yani. L'avez-vous déjà rencontré ?

— Non, je ne crois pas...

— Votre sœur est-elle malade ? Est-ce là la raison pour laquelle vous êtes aujourd'hui son ambassadrice ?

Yani l'observait, il attendait certainement sa réponse avec beaucoup d'intérêt. Jusque-là, il ne l'avait pas interrogée sur les activités de sa sœur. Sylvie avait espéré pouvoir expliquer la situation à Léon directement. Mais en dépit de son apparence discrète, Eléni était curieuse, et sa question était bien embarrassante.

— Margot n'est pas... malade, se décida-t-elle enfin à répondre en lançant un regard de défi à Yani, assis en face d'elle sur un strapontin. Vous savez certainement... Léon vous a certainement dit... Margot est actrice... Ou plus exactement, elle l'était avant son mariage.

— Margot n'avait-elle pas renoncé à sa carrière quelques mois avant d'épouser Léon ? objecta Yani.

Sylvie s'empourpra.

— Eh bien... Elle a connu quelques difficultés, c'est vrai, reconnut-elle, mais elle... Enfin, elle n'avait pas abandonné et... et lorsque son agent a appris qu'elle vivait à Londres...

— Vivait ? Ne voulez-vous pas dire « *séjournait* », plutôt ?

— C'est entendu, elle séjournait à Londres, donc. Quoi qu'il en soit, il... il lui a offert un rôle, un très bon rôle... Celui dont elle avait toujours rêvé.

— Il lui a fait une offre qu'elle ne pouvait pas

refuser, voulez-vous dire ? s'enquit Yani avec un mépris évident.

— En quelque sorte, oui.

— Pourquoi ne me l'avez-vous pas révélé avant ?

— Je... J'en avais l'intention mais... Vous m'avez annoncé la maladie de Léon et...

— Vous avez eu honte ?

— J'ai été bouleversée ! rectifia-t-elle, ulcérée. C'est vrai ! insista-t-elle devant son expression ironique. Sincèrement, maman et moi ignorions tout de cette opération.

— Je vous crois, soupira Yani d'un air sombre. Mais peut-être feriez-vous bien de cacher cela à Léon.

— Le lui cacher ? répéta Sylvie sans comprendre.

— Il a subi suffisamment de chocs pour aujourd'hui. Votre arrivée à la place de Margot l'a profondément déçu, comme vous pouvez vous en douter. Avouer votre ignorance de son état, lui dévoiler que Margot a choisi de ne pas vous en parler... a manifesté une telle insouciance... Abstenez-vous de lui infliger cette épreuve supplémentaire, acheva-t-il, tendu.

Sylvie baissa la tête.

— Oui, je vois.

— Plus tard, peut-être...

Il haussa les épaules.

— ... Nous verrons.

— Pauvre Léon !...

La jeune fille avait presque oublié la présence d'Eléni. Elle sursauta en l'entendant.

— Il n'aurait jamais dû ép...

La jeune Grecque s'interrompit, mais trop tard, Sylvie avait parfaitement compris.

— Je suis d'accord avec vous, convint-elle avec une froide arrogance qu'elle était loin de ressentir. Mais ils sont mariés et nous n'y pouvons rien, n'est-ce pas ? Et d'ailleurs, il faut penser à Nikos.

La maison des Petronidès était située sur l'avenue Syntagma, l'une des plus belles de la ville. La plupart des vieilles demeures d'Athènes avaient disparu, remplacées par des immeubles modernes, mais cette avenue avait conservé tout son caractère. Chacune des villas possédait un jardin. Sylvie écarquilla les yeux lorsque la limousine s'approcha du grand portail actionné par commande électronique. Margot lui avait peu parlé de sa belle-famille. Ils étaient riches et influents, elle le savait, mais rien ne l'avait préparée à tant de luxe. La bâtisse était un véritable palais d'architecture classique, orné de piliers doriques aux proportions harmonieuses.

Elle descendit de la voiture, aussitôt enveloppée par le parfum délicat des magnolias et des hibiscus. La lourde porte de bois s'ouvrit lentement, un valet de chambre en livrée les accueillit cérémonieusement devant le perron et les invita à entrer. Yani précéda les deux jeunes filles à l'intérieur. L'entrée était immense, dallée de marbre et décorée de grands vases débordants de fleurs du jardin. Des tapisseries aux couleurs chatoyantes ornaient les murs clairs en alternance avec des lampes d'argent et de cuivre poli. Un escalier de bois sombre menait à l'étage, éclairé lui aussi par des lampes antiques.

Yani et Eléni avaient disparu. Sylvie, intimidée, regarda autour d'elle. Elle aperçut une toute jeune fille dans l'embrasure d'une porte. Elle était petite et ronde, des boucles brunes encadraient son visage, et ses yeux noirs pétillaient de malice.

— Sylvie! s'exclama-t-elle en s'avançant. Vous êtes bien Sylvie, n'est-ce pas? reprit-elle avec plus d'hésitation. Ne vous souvenez-vous pas de moi? Je suis Marina. Je suis venue à Londres lorsque votre sœur a épousé Léon.

— Marina! Mais bien sûr!

En réalité, elle se souvenait à peine des deux petites filles grecques venues avec leurs parents assister à la cérémonie en Angleterre. Mais l'accueil chaleureux de Marina était si réconfortant! Sylvie lui rendit son sourire.

Au même moment, un groupe apparut par une autre porte. Yani et Eléni fermaient la marche. Et devant eux... Le beau-père et la belle-mère de Margot encadraient Léon, assis sur un fauteuil roulant.

Aussitôt, Sylvie se sentit sur la défensive. Les parents de Léon n'avaient nullement des visages accueillants, et Léon lui-même semblait très sombre. Elle n'avait qu'une solution : prendre elle-même la situation en main.

— Bonsoir! dit-elle en s'avançant vers son beau-frère.

Celui-ci lui tendit la main. Sylvie la serra avec douceur puis, délibérément, elle se pencha et posa un baiser sur sa joue.

— Comment allez-vous Léon? La nouvelle de votre maladie m'a tant peinée!

Le visage très pâle du Grec s'anima un peu, il esquissa un sourire. Il ne devait pas sourire souvent depuis quelque temps, songea Sylvie avec tristesse. Inconsciemment, elle était déjà prête à lui donner toute son affection. Il était si fragile, si amaigri, les traits tirés et le corps affaissé!

— C'est très gentil à vous d'être ici, Sylvie, déclara-t-il fermement.

— J'en avais grande envie. J'ai hâte de revoir Nikos. Où est-il? Vais-je le voir bientôt?

— Sans aucun doute, répondit Aristote Petronidès d'une voix assez sèche en s'approchant pour lui serrer la main. Ainsi, la petite Sylvie a grandi? Vous êtes la bienvenue, mon enfant. Nikos sera très heureux de votre venue.

Mme Petronidès n'avait pas l'air enthousiaste. Elle détailla le pantalon de Sylvie d'un air désapprobateur. Comme Eléni et Marina, elle portait une robe, d'une coupe simple mais très élégante.

— Vous avez fait bon voyage, j'espère, s'enquit-elle avec un fort accent. Comment va votre mère ? Nous nous écrivons rarement ces temps-ci.

Sylvie répondit à sa question en souriant. Tous, en fait, ne s'intéressaient qu'à une chose : où était Margot ? Pourquoi n'était-elle pas venue ?

Néanmoins, ils étaient trop discrets pour aborder ce sujet. Saisissant les poignées du fauteuil de son fils, Mme Petronidès le guida vers un grand couloir recouvert d'un tapis. Sylvie la suivait, accompagnée de Marina ; Yani, son père et Eléni fermèrent la marche. La jeune Anglaise se réjouissait de la compagnie de Marina dans cette atmosphère imperceptiblement hostile.

— Nikos est au lit, lui confia Marina à voix basse. Il n'est pas bon de l'exciter le soir, comprenez-vous ? Il est très... Comment dit-on ? Impressionné ?

— Impressionnable ? suggéra Sylvie.

Tout comme Léon et les autres membres de sa famille, Nikos devait attendre la venue de sa mère. Ce serait sans doute une cruelle déception.

— C'est cela, impressionnable. Depuis le départ de Margot, il fait souvent des cauchemars.

— Tu es trop bavarde, Marina, lui reprocha sa mère en se tournant vers les deux jeunes filles. Nikos est un petit garçon comme les autres, il a beaucoup d'imagination... Mais naturellement, nous ne voulons pas le bouleverser ce soir.

Marina fit une petite grimace derrière sa mère et haussa les épaules dans un geste éloquent.

— Mamma voulait annoncer la nouvelle à Nikos, chuchota-t-elle, mais Yani l'en a empêchée.

Sylvie n'eut pas le temps de répondre. Ils venaient d'entrer dans une pièce immense, aux proportions impressionnantes. Sous un plafond très haut à moulures, des fenêtres ornées de lourdes tentures turquoise s'encastraient dans des murs presque nus. Quelques miroirs sertis d'or reflétaient des tables de marbre et des chaises très droites. Des gerbes de lys emplissaient l'air d'un parfum délicat, presque sépulcral. Sylvie frissonna. Ce lieu était trop grand, trop froid à son goût. Ses hôtes, quant à eux, y semblaient parfaitement à l'aise.

Une domestique vêtue de noir leur servit des apéritifs. Mme Petronidès avait entamé une conversation avec Eléni. Léon en profita pour pousser lui-même son fauteuil jusqu'à Sylvie. Il échangea un regard avec Marina. Celle-ci s'excusa aussitôt et s'éloigna. Léon fit signe à Sylvie de s'asseoir.

— Vous savez pourquoi je désire vous parler, commença-t-il à voix basse. Cet après-midi, Yani ignorait encore pourquoi Margot n'est pas ici, il n'a pu me fournir aucune explication. Vous devez me dire la vérité, Sylvie. Veut-elle divorcer ?

— Non !...

La jeune fille avait parlé trop fort, quelques visages se tournèrent vers eux.

— Non, répéta-t-elle plus doucement. C'est la vérité, Léon, je vous le jure.

— Alors pourquoi n'est-elle pas ici ? Elle connaît la situation. Je ne puis aller la rejoindre à Londres, elle le sait.

Ses yeux brillaient d'une émotion contenue. Sylvie poussa un soupir mal assuré.

— Léon, elle a obtenu un rôle, dans une pièce. Vous la connaissez... Enfin, c'est un rôle passionnant, elle y tient. C'est très important à ses yeux.

— Plus important que nous, répliqua-t-il amèrement.

— Non, non... Je ne le crois pas, assura Sylvie sans conviction. Elle... Elle a simplement besoin du théâtre. Mais elle a besoin de vous aussi, à sa façon.

— Comme d'une sécurité, voulez-vous dire ? Au cas où elle échouerait dans sa carrière.

— Non...

Elle avait elle-même pensé exactement la même chose, dix jours auparavant.

— ... Donnez-lui sa chance, Léon. Laissez-la se prouver à elle-même de quoi elle est capable.

Léon baissa les yeux.

— Je la lui ai donnée souvent déjà, Sylvie. Combien de fois encore devrai-je recommencer ?

La jeune fille était bouleversée. Si elle avait connu la véritable situation, elle n'aurait jamais accepté de venir, sous aucun prétexte. Léon avait besoin d'une épouse, d'une mère pour Nikos. Comment Margot avait-elle pu se montrer aussi cruelle ?

— Avez-vous expliqué à mon frère pourquoi Margot n'est pas venue ?

Sylvie leva les yeux vers Yani.

— Oui, répondit Léon, elle me l'a dit, Yani. Je vais devoir me montrer patient une fois de plus, semble-t-il.

— Patient ! lança Yani d'une voix sarcastique. Personnellement, je ne me montrerais pas aussi compréhensif !

— Mais toi et moi sommes différents, Yani, n'est-ce pas ? riposta Léon avec un sourire amer. A ce jour, aucune femme n'a encore su conquérir ton cœur... Pas même Eléni, j'en suis sûr.

Son aîné ne lui répondit pas, mais tourna son visage froid et méprisant vers Sylvie.

— Mon père demande si vous accepteriez de venir

rendre visite à Nikos demain matin. Cela vous convient-il, ou préférez-vous visiter la ville ?

— Je viendrai, bien entendu, assura Sylvie en essayant de garder son calme. Je ne suis pas venue en Grèce pour faire du tourisme et vous le savez pertinemment.

— C'est bon, je vais informer mon père de votre décision, déclara Yani d'un air indifférent. Je vous accompagnerai moi-même en allant au bureau.

— C'est inutile... voulut protester Sylvie.

Elle préférait de loin prendre un taxi. Mais Léon prit la parole au même moment.

— Sylvie reste ici, non ? Elle n'a pas besoin de retourner chez toi !

— Au contraire, rétorqua Yani, inflexible. Tout est arrangé. Marina et elle dormiront chez moi jusqu'à votre départ pour Monastiros.

— Mais pourquoi ?

— Nous avions préparé une chambre pour Margot, pas pour sa sœur. Tu ne voudrais tout de même pas occuper la chambre contiguë à celle de Sylvie ?

— Il y en a d'autres, fit Léon d'une voix haletante.

Visiblement, cette discussion l'épuisait. Son frère posa une main apaisante sur son épaule.

— C'est plus simple ainsi, crois-moi.

On vint annoncer le dîner et Sylvie prit les poignées du fauteuil de Léon.

— Je vous en prie... J'y tiens, insista-t-elle lorsque Yani voulut la relayer.

Sans insister, il alla rejoindre sa fiancée. Oui, il s'agissait certainement de sa fiancée, Sylvie en était convaincue à présent. Elle plaignit intérieurement la jeune Grecque. Celle-ci aurait une vie difficile aux côtés de cet homme autoritaire et imprévisible.

La salle à manger était elle aussi très impressionnante. Les murs en bois étaient sculptés ; la table eut suffi à accueillir confortablement une vingtaine de convives. La fille cadette des Petronidès, Perséphone, se joignit au groupe pour le dîner. Mais après avoir poliment salué Sylvie, elle resta aux côtés de sa mère et bavarda avec elle pendant tout le repas, en jetant d'incessants coups d'œil à Sylvie. Elles devaient lui garder rancune de sa venue, et peut-être même reprochaient-elles à Léon son attitude prévenante envers sa belle-sœur. Pourtant, celui-ci parut se détendre progressivement. Encouragée par sa gentillesse, Sylvie lui parla librement de ses activités. Elle s'intéressait à l'Antiquité, lui raconta-t-elle, et elle était fière d'avoir été admise à l'université d'Oxford. 'le parvint à le faire rire en lui narrant ses efforts désespérés pour rester mince et son amour indéfectible pour le chocolat et les sucreries. Yani, lui aussi, la dévisageait fréquemment. Sylvie pria intérieurement pour qu'il n'intervienne pas et ne vienne pas briser son amitié naissante avec Léon. Elle apprenait seulement à le connaître maintenant mais en quelques heures, elle comprenait déjà pourquoi Margot avait été attirée par lui. Il était bon, compréhensif, rassurant. Sylvie se sentait en confiance avec lui.

A la fin du repas, on envoya Marina chercher ses affaires. M. Petronidès en profita pour échanger quelques mots avec sa jeune invitée.

— Margot a repris le théâtre, paraît-il ?

A contrecœur, Sylvie se vit obligée d'aborder à nouveau ce sujet pénible.

— Son impresario lui a trouvé un rôle dans une nouvelle pièce, expliqua-t-elle en s'agitant nerveusement.

Tout comme son fils aîné, Aristote Petronidès avait le don de fixer les gens d'un regard aigu. Il était impossible de se détourner.

— Et elle vous a laissé... Comment dire ? Porter le

flambeau ? s'enquit-il plus gentiment. Détendez-vous, Sylvie... Nous ne sommes pas des ogres. Tout simplement, Léon nous est très cher.

— Je... Je le comprends bien. Assurément, si Margot s'était aperçue...

— Margot s'en est certainement rendu compte. Mais n'en parlons plus. Nikos sera très heureux d'avoir une nouvelle camarade de jeux.

Sylvie était de nouveau avec Léon lorsque Yani vint la chercher pour partir.

Auparavant, toute la famille avait pris le café au salon. Yani s'était installé au piano et avait interprété quelques morceaux, entonnant parfois des mélodies envoûtantes, improvisant sur des thèmes de Schubert avec aisance et brio.

— Yani aurait pu suivre les cours du conservatoire de Paris, avait murmuré Léon, fier de son frère. Mais mon père ne le lui aurait jamais pardonné. Il est le fils aîné, il se devait de lui succéder. Heureusement, Yani sait séparer ces deux aspects de sa personnalité. Il n'y a pas de place pour les sentiments en affaires...

Et à présent, Yani était debout à côté d'elle, et lui demandait courtoisement de se préparer. Aussitôt, Sylvie sentit combien elle était sensible à sa présence. Il l'avait crue, disait-il, lorsqu'elle avait juré tout ignorer de la maladie de Léon. Mais dans ce cas, pourquoi arborait-il encore une expression soupçonneuse avec elle ? Etre la sœur de Margot suffisait-il à faire d'elle une coupable ? Ou bien désapprouvait-il simplement son amitié avec Léon ? Y voyait-il le prélude à d'autres désastres ? Malgré tout, il s'adressa à elle avec courtoisie. Ce visage froid avait-il jamais connu la chaleur d'une émotion ?

— Je vous verrai demain, dit Léon en la voyant se lever. Bonne nuit, Sylvie. Dormez bien.

— Vous aussi...

42

La jeune fille se pencha impulsivement et l'embrassa sur la joue.

— ... A demain, donc. Je serai très heureuse de vous revoir, vous et Nikos.

Yani prit congé de son frère, puis il alla échanger quelques mots avec Eléni tandis que Sylvie faisait ses adieux à ses hôtes. Malgré elle, la jeune fille le suivit des yeux, le cœur étrangement serré. Même si Margot ne l'avait pas poussée dans une situation aussi pénible, elle resterait une petite fille aux yeux de Yani, elle s'en aperçut tout à coup. Certes, ce n'était pas vraiment étonnant. Il était un homme mûr, expérimenté. Mais tout de même... Ne pourrait-il pas la traiter en adulte, au lieu de voir en elle une intruse dont il fallait s'occuper ?

4

Sylvie se réveilla très tôt le lendemain matin.

Elle avait très bien dormi dans le grand lit confortable. En dépit des événements de la veille, elle avait sombré dans le sommeil, sitôt la tête posée sur l'oreiller.

Son sentiment de bien-être s'évanouit aussitôt lorsqu'elle se rappela où elle était. Mais elle était bien décidée à ne pas se laisser abattre. Après tout, elle était en vacances en Grèce, autant en profiter le plus possible.

La jeune fille se leva et alla droit à la fenêtre. Sa chambre donnait sur la façade arrière de l'immeuble. On y avait aménagé un petit parc. Même à cette heure matinale, des promeneurs y flânaient, ou couraient le long des allées, en survêtement de sport. On entendait au loin le bourdonnement assourdi de la circulation.

Il n'y avait pas un bruit dans l'appartement. Ce n'était guère étonnant, comprit Sylvie après avoir consulté sa montre : il était à peine six heures et demie. La veille, ils étaient rentrés tard et, après avoir raccompagné Sylvie et Marina chez lui, Yani était reparti pour ramener Eléni... Il n'avait pas jugé bon de la déposer en route, apparemment. Il devait vouloir avoir une conversation privée avec elle. Marina et

Sylvie s'étaient couchées immédiatement, et elle ne l'avait pas entendu rentrer.

Quittant son poste d'observation, Sylvie arpenta la pièce. Il faisait déjà chaud... Elle avait laissé l'air conditionné toute la nuit, mais même ainsi, simplement couverte d'une légère chemise de nuit en coton, elle avait la peau un peu moite.

Une tasse de thé... Voilà ce dont elle avait envie ! La veille, elle avait juste bu un apéritif et un verre de vin à table. Le café servi après le dîner était trop fort pour son goût, elle y avait à peine touché. Elle avait donc très soif. Certes, il y avait toujours l'eau du robinet, mais elle était tiède en cette saison. Non, décidément, seul le thé lui faisait envie, bien brûlant et sucré...

Après un nouveau coup d'œil à sa montre, Sylvie décida d'aller le préparer elle-même à la cuisine. Après tout, mettre de l'eau à bouillir n'était pas difficile, et elle trouverait sans doute ce dont elle avait besoin sans trop de mal.

Ouvrant tout doucement la porte de sa chambre, elle resta un instant immobile, l'oreille aux aguets. Mais l'appartement était silencieux, personne ne bougeait. Gagnant de l'assurance, la jeune fille se rendit au salon sur la pointe des pieds.

Les rideaux n'avaient pas été tirés pour la nuit, le soleil entrait à flots dans la pièce. Il dessinait des motifs dorés sur le sol, resplendissait sur les lampes de bronze et rehaussait la chaude couleur des fauteuils de daim. La pièce semblait plus spacieuse et plus lumineuse encore que la veille. Dans la lumière du matin, l'Acropole ressemblait à un décor de pièce de théâtre antique. Les rayons ricochaient sur les piliers comme des projecteurs éclairant une scène encore vide.

Souriant de cette image, Sylvie poursuivit son chemin jusqu'à la cuisine, silencieuse sur les épais tapis. Elle la trouva par déduction et s'immobilisa un instant pour l'admirer. C'était une pièce vaste et moderne. Tout y était électrique. Les appareils étaient disposés de façon très fonctionnelle.

Impressionnée, Sylvie traversa le carrelage frais sur la pointe des pieds. La bouilloire électrique était déjà pleine, il suffisait de tourner un bouton. La jeune fille, étonnée de sa propre audace, ouvrit le placard au-dessus du plan de travail en marbre veiné et en inspecta le contenu. Comme elle s'y attendait, il y avait un pot de café en grains et plusieurs boîtes de thés différents, de Ceylan et de Chine. Elle choisit le plus ordinaire et se mit en devoir de chauffer la théière d'argent avant d'y mettre le thé. Tout à coup, elle entendit distinctement une porte se fermer.

M\ume Kuriakis, sans doute, songea-t-elle, non sans appréhension. La gouvernante n'apprécierait sans doute pas de voir une invitée de son employeur envahir son domaine... Sylvie s'immobilisa, bras ballants. Elle se sentait affreusement indécente dans sa fine chemise de nuit, les jambes nues jusqu'aux cuisses. Comment expliquerait-elle sa présence ici? M\ume Kuriakis ne parlait pas un mot d'anglais! Elle passa nerveusement sa main dans ses cheveux et attendit.

La porte s'ouvrit sous une brusque poussée, et la bouche de Sylvie s'arrondit de surprise. Yani Petronidès venait d'apparaître, le visage coloré et les cheveux en bataille, vêtu d'un survêtement vert sombre éclairé d'une fine bande rouge sur les côtés.

Sylvie n'aurait su dire lequel des deux fut le plus stupéfait, elle, le visage cramoisi, ou lui, les yeux écarquillés, incrédule. Il s'attendait certainement à trouver M\ume Kuriakis et avait déjà la bouche ouverte, prêt à parler, mais la vue de Sylvie lui coupa la parole.

— Sylvie! s'exclama-t-il. Au nom du ciel, que faites-vous ici?

Elle soupira d'un air malheureux.

46

— Oh je suis navrée! Je croyais être la seule réveillée! Je voulais simplement me faire une tasse de thé. Ce n'est pas très poli, je le sais, mais j'avais tellement soif!

Yani tenait toujours le battant de la porte. Il le lâcha distraitement.

— Vous auriez dû attendre Mme Kuriakis, répliqua-t-il avec impatience. Avez-vous l'habitude de vous promener dans la maison ainsi vêtue? Je vous avertis, ce genre de pratique est impossible ici.

— Je ne suis pas indécente, protesta Sylvie, de mauvaise foi. Je... Je suis bien moins habillée sur la plage et personne ne m'a encore fait de réflexions.

Le jeune homme pinça les lèvres.

— Où est Mme Kuriakis?

— Je ne sais pas. Sans doute n'est-elle pas encore arrivée...

Elle s'interrompit un instant. La bouilloire s'était mise à siffler bruyamment.

— ... Prendrez-vous une tasse de thé avec moi... Yani? Ou le boirai-je seule?... Peut-être préférez-vous du café?

Elle s'efforçait de garder un ton enjoué. Yani hésita et jeta un coup d'œil à sa montre.

— Mme Kuriakis sera ici dans cinq minutes. Je vais l'attendre.

Sylvie croisa les bras, sans se rendre compte que son geste raccourcissait encore sa chemise de nuit.

— Me croyez-vous donc incapable de préparer du thé? le taquina-t-elle...

Au même instant, elle remarqua ses cheveux humides.

— ... Oh! Pleut-il? La journée s'annonçait si belle!

— Elle l'est. Je reviens de mon club sportif. J'ai nagé.

La voix de Yani était curieusement rauque et son regard, posé sur Sylvie, semblait indécis.

— Quelle chance !... Je vous croyais encore endormi. Vous êtes rentré si tard, hier soir.

Yani ne répondit pas à cette question implicite et se détourna en haussant les épaules. D'un geste sec, il descendit la fermeture à glissière de son survêtement, exposant la peau hâlée de son torse. La vue de ce buste puissant eut un étrange effet sur Sylvie. Elle avait souvent vu des hommes et des garçons de son âge en maillot de bain, à la piscine, mais cela l'avait toujours laissée indifférente. Ce matin, en revanche, elle se sentait la gorge curieusement serrée. Elle entrouvrit les lèvres pour prendre une profonde inspiration et ne put réprimer un frisson. Que lui arrivait-il ? Il ne la regardait même pas ! Et pourtant, elle avait une conscience aiguë de sa présence.

Délibérément, elle se retourna et prit deux tasses et deux soucoupes dans le placard.

— Etes-vous sûr de ne pas vouloir un peu de thé ? Il y en a bien assez... Enfin, si Mme Kuriakis n'y voit pas d'objection, bien entendu.

Yani poussa un profond soupir. Sylvie lui fit face, les sourcils haussés.

— Très bien. Voulez-vous l'apporter au salon ? Je vais passer une robe de chambre.

Le cœur battant à tout rompre, Sylvie acquiesça. Seigneur ! Elle avait réussi à lui faire changer d'avis !

Lorsqu'elle arriva au salon, Yani y était déjà. Il avait troqué sa tenue de sport contre une robe de chambre en éponge. Sans doute avait-il voulu lui suggérer d'en faire autant, comprit-elle tout à coup. Mais il faisait trop chaud pour mettre un peignoir, songea-t-elle avec ressentiment. Et, bravant sa désapprobation, elle s'installa sur le divan, les jambes repliées sous elle.

— Allez-vous nager tous les matins ?

cha imperceptiblement de lui, mais au
t, une clef tourna dans la serrure et la
e s'ouvrit. Mme Kuriakis arrivait. Yani
t et contourna le divan.

ante eut l'air légèrement choquée en
mployeur seul au salon avec sa jeune
rement vêtue. Peut-être les soupçonnait-
assé la nuit ensemble ? imagina Sylvie,
ersée. Mais lorsqu'elle jeta un coup d'œil
ci était redevenu aussi froid et détaché
mée. Avait-elle rêvé ? A quoi pensait-il
rsqu'il la tenait prisonnière dans ses
e serait-il arrivé si Mme Kuriakis n'était
e à ce moment-là ?

ante s'adressa à Yani dans leur langue,
d'un reproche dans la voix. Mais lors-
urna vers Sylvie, la jeune fille sentit
tre sous ses traits impassibles. Si quelque
venant s'était produit, Mme Kuriakis l'en
e responsable, cela ne faisait aucun doute.
ller me doucher et m'habiller, annonça
s, laissant la gouvernante débarrasser la
voulez partir avec moi, je vous suggère
nt.

anxieusement la lèvre, Sylvie le suivit en
our observer la silhouette de Mme Kuria-
r son travail.

endu... Mais ne devrais-je pas...
pas votre rôle, riposta-t-il sèchement.
devant lui, elle vit seulement une poli-
ans son regard...

*
**

ine neuf heures du matin, mais Léon
. Il était assis dans son fauteuil roulant,

Elle voulait à tout prix relancer la conversation. Yani, sa tasse à la main, était debout près de la fenêtre et regardait dehors d'un air morose.

— Pas tous les matins, non, répondit-il après une longue hésitation.

Le silence retomba.

— Ne pouvez-vous donc pas vous asseoir ? lui lança-t-elle enfin, piquée au vif par son indifférence. Je... Je voudrais vous parler de Nikos. Et de Dora.

— Dora ?...

Yani revint vers la table en fronçant les sourcils.

— Ah oui ! Dora !... Son départ est bien regrettable. Nikos lui était très attaché...

Sylvie se sentit soulagée. Elle s'était demandée un moment si Margot n'avait pas menti à propos de Dora, mais apparemment, ce n'était pas le cas.

— Sa mère est tombée malade, n'est-ce pas ?

Yani fronça à nouveau les sourcils, au grand désarroi de Sylvie.

— Je l'ignorais. Elle devait se marier : mais peut-être la maladie de sa mère a-t-elle hâté sa décision de nous quitter.

La jeune fille serra les lèvres. Peut-être, en effet, songea-t-elle amèrement... Mais peut-être pas. La duplicité de Margot était-elle donc sans fin ? Pour combien de temps avait-elle envoyé sa sœur la remplacer en Grèce ? *Pour toujours ?*

— Avez-vous un problème ?

Obéissant à sa requête, Yani s'était assis en face d'elle, les mains croisées sur les genoux. Son visage perplexe était infiniment troublant. Sylvie ne voulait surtout pas provoquer de nouveaux sujets de discorde entre eux.

— Ce n'est rien, je... Parlez-moi de Nikos. Ressemble-t-il à Léon ? Je ne l'ai pas vu depuis si longtemps !

— Vous auriez dû lui rendre visite...

Inconsciemment, Sylvie eut un sourire triste.

— ... Avez-vous été invitée ? s'enquit Yani, lisant dans ses pensées.

La jeune fille rougit légèrement.

— Quelle importance ? Je suis ici, à présent, et j'ai grande envie de passer quelque temps avec mon neveu, répondit-elle en passant une main sur sa jambe.

— Nikos sera très content de vous voir, j'en suis sûr. C'est un petit garçon très affectueux. Il est un peu trop sensible, parfois, mais il est charmant... Nous devrons tout faire pour vous aider à passer un séjour agréable, ajouta-t-il. Après tout, vous avez renoncé à vos vacances.

Prise de court par cette gentillesse inattendue, Sylvie s'écria :

— Vous n'avez pas besoin d'avoir pitié de moi ! lança-t-elle en rejetant les cheveux en arrière.

Yani sourit subitement.

— Ce n'est pas le cas, répliqua-t-il posément.

— Que faites-vous ? reprit-elle très vite, travaillez-vous à Athènes ? Vivez-vous ici toute l'année ?

— Oui, je travaille à Athènes, pour mon père. Mais je me déplace beaucoup, surtout au Japon et aux Etats-Unis.

— Ce doit être passionnant. J'aimerais beaucoup voyager. Jusqu'à présent, je suis seulement allée en Autriche... Oh ! et ici, bien entendu !

— En Autriche ?

— Oui, pour skier, avec le lycée... L'année dernière, je me suis foulé la cheville, poursuivit-elle avec une petite grimace.

— Je suis désolé.

— Oh ! Ce n'est pas la peine ! affirma-t-elle en riant. Le moniteur de ski était merveilleux. Il m'a prise dans ses bras et m'a ramenée jusqu'à l'hôtel. Toutes les autres filles étaient malades de jalousie !

50

Yani serra les lèvres e[...]
de se relever brusquemer[...]
l'ennuyait ! La jeune fi[...]
désespérément une répor[...]
gente, mais elle ne trouv[...]
était grand. Son cœur ba[...]
Yani voulut passer deva[...]
chemin au lieu de s'éca[...]
tennis du jeune homme[...]
ses orteils nus. Sylvie [...]
recula aussitôt en étouf[...]

— Seigneur ! Vous a[...]

Il l'avait saisie par l[...]
paupières pour refouler[...]

— C'est... C'est de [...]
pâle sourire.

Mais Yani fit un ges[...]

— C'est de *ma* faute[...]
en resserrant son étrei[...]
moins ?

— Je ne le crois pa[...]
Sylvie leva son pied[...]

— ... Non, sincèrer[...]
d'en avoir fait une tel[...]

— Allons donc ! Ne[...]
Il avait encore l'air[...]
son pouls s'accéléré[...]
regardait comme s'il[...]
s'empourprèrent et el[...]

Comme s'il avait [...]
proximité, Yani la re[...]

— Tout va bien al[...]
Sylvie hocha viven[...]
émoi.

— Oui, merci.

— Sylvie...

52

Il la ra[...]
même mo[...]
porte d'en[...]
recula vive[...]

La gouv[...]
voyant sor[...]
invitée si l[...]
elle d'avoir[...]
encore bou[...]
à Yani, ce[...]
qu'à l'acco[...]
réellement [...]
bras ?... Et[...]
pas entrée [...]

La gouve[...]
sans l'ombr[...]
qu'elle se [...]
l'hostilité s[...]
chose d'inc[...]
tenait pour s[...]

— Je vai[...]
Yani en ang[...]
table. Si vo[...]
d'en faire au[...]

Se morda[...]
se retournar[...]
kis penchée [...]

— C'est e[...]
— Ce n'es[...]
En passan[...]
tesse glaciale [...]

Il était à [...]
l'attendait dé[...]

dans l'immense entrée de la demeure. Sylvie fut soulagée lorsqu'elle aperçut son visage accueillant. Lui au moins se réjouissait de sa présence... Elle chassa vivement une réflexion désagréable de son esprit : et si Léon s'attachait trop à elle ? Allons ! Il était simplement un homme charmant, se persuada-t-elle avec force ; et, sans plus se poser de questions, elle l'embrassa sur la joue.

Yani l'avait laissée à la porte. Il n'avait pas le temps d'entrer, avait-il expliqué en guise d'excuse. Il avait à peine parlé durant les quinze minutes du trajet, conduisant lui-même un coupé sport, le visage fermé, décourageant toute tentative de conversation. Depuis l'arrivée de Mme Kuriakis, il était devenu taciturne, morose. Devant la suggestion de Sylvie qui voulait réveiller Marina pour la prévenir de leur départ, il avait eu un geste agacé : Marina pourrait appeler un taxi lorsqu'elle serait prête. Pour l'instant, la jeune fille dormait profondément et les efforts de Sylvie pour l'éveiller s'étaient révélés vains. Marina s'était aussitôt retournée sans même ouvrir les yeux. Mais la réaction de Yani avait été à la limite de la grossièreté, et Sylvie avait trouvé cela étrange. Il ne s'inquiétait tout de même pas des commentaires éventuels de sa gouvernante ? Assurément, l'opinion de ses employés ne devait pas influencer ses actes ? Et de toute façon, qu'avaient-ils fait de mal ? Rien, du moins à son avis.

Mais à présent, Léon lui souriait et lui demandait si elle avait passé une bonne nuit. Bannissant Yani de son esprit, Sylvie lui rendit son sourire.

— Mon lit était excellent, assura-t-elle. Où est Nikos ? J'ai hâte de le voir.

Le garçonnet les attendait dans la nursery. Il était encore attablé devant son petit déjeuner, un coude posé sur la table, la tête appuyée sur son poing. Il avait l'air triste et abattu. Sylvie songea à l'attitude si désinvolte de sa sœur. Comment Margot pouvait-elle négliger son fils à ce point ?

Une domestique, debout à côté de lui, le pressait de manger un peu de céréales, mais Nikos se désintéressait de son assiette et des petits pains tout chauds posés devant lui. Il y avait aussi du jus de fruit, des oranges et des pêches sur la table. Pourtant, le petit garçon restait immobile et, en observant ses bras et ses jambes trop minces, Sylvie sentit son cœur se serrer. Il était grand temps de prendre cet enfant en main.

— Bonjour Nikos ! lança son père d'une voix enjouée en entrant dans la salle de jeux illuminée de soleil. Voici ta tante Sylvie, elle est venue te voir, et tu n'as pas encore terminé ton petit déjeuner !

Le garçonnet releva la tête et fixa son père, puis Sylvie, d'un air abattu. Des boucles brunes encadraient son petit visage doux, un visage poignant, aux grands yeux tristes et à la bouche vulnérable. Il semblait avoir pleuré. Léon avait dû lui annoncer que Margot ne viendrait pas. Pauvre Nikos ! Il ne pouvait pas comprendre pourquoi sa mère l'abandonnait. Son instabilité, dont Marina avait parlé la veille, n'était guère surprenante. Il souffrait du manque d'attention de Margot.

— Jusqu'à ma maladie, il n'a pas trop regretté l'absence de Margot, expliqua Léon à voix basse. Si elle était revenue, il aurait appris à nous faire confiance à nouveau. Il vit dans l'insécurité permanente et même mes parents ne peuvent compenser cela.

Sylvie acquiesça avec compassion. Puis, laissant Léon manœuvrer seul son fauteuil, elle traversa la pièce. La servante se recula poliment. Sylvie se pencha vers son neveu, mais celui-ci garda l'air sombre et soupçonneux tandis qu'elle lui effleurait la joue d'un baiser.

— Te souviens-tu de moi, Nikos? interrogea-t-elle en repoussant l'assiette de céréales. Te souviens-tu de ma maison à Wimbledon? Je t'avais montré mes poupées.

L'enfant hésita un instant, puis il secoua la tête en signe de dénégation. Mais Sylvie refusa de se laisser décourager.

— Mais si, sûrement, insista-t-elle. Tu as joué avec mes poupées. Rappelle-toi! L'une d'elles avait de longs cheveux, ils poussaient quand on les coiffait. Tu l'aimais beaucoup. Et celle qui mouillait ses langes quand on lui donnait le biberon.

Nikos fronça les sourcils.

— Une poupée qui mouille ses langes? répéta-t-il avec étonnement.

Sylvie rit légèrement.

— Mais oui! C'est vilain, n'est-ce pas? Alors, tu t'en souviens à présent?

— Pas très bien, déclara Nikos solennellement. Maman était-elle avec nous?

La jeune fille soupira et jeta un coup d'œil à Léon.

— Oui, elle était là, concéda-t-elle. Mais nous nous amusions beaucoup ensemble, toi et moi.

— Ah oui?

Il n'avait pas l'air très convaincu. Sa tante lui prit la main et la serra fermement.

— Oui, beaucoup. Et nous allons encore beaucoup nous amuser. Papa te l'a-t-il annoncé? Nous allons passer quelques semaines au bord de la mer. Sur l'île de Monastiros. La connais-tu?

Nikos secoua la tête.

— Viens-tu avec nous? demanda-t-il à Sylvie.

— Personne au monde ne pourrait m'en empêcher! plaisanta-t-elle. J'ai hâte d'y être. Nous pourrons nager, et nous ferons des pâtés de sable et...

— Qu'est-ce que c'est?

— Tu ne connais pas les pâtés de sable ? s'exclama Sylvie, stupéfaite. Eh bien, tu creuses le sable avec ta pelle, tu en remplis un petit seau et quand il est plein, tu le renverses d'un seul coup. Tu n'en as jamais fait ?

— Nikos est trop petit pour jouer seul à la plage, intervint Léon. Dora n'avait pas le temps de s'amuser avec lui à des jeux puérils. Et la plage d'Alasyia est assez dangereuse. Il y a des courants violents. Nous avons une piscine... Mais ne vous inquiétez pas, la mer est beaucoup plus calme à Monastiros, ajouta-t-il avec un sourire.

— Tant mieux ! soupira Sylvie. Les piscines sont agréables, mais la plage est tellement plus amusante !

— Alors c'est vrai ? Je pourrai jouer à la plage ? s'écria Nikos en s'animant.

— Je te le promets...

Sylvie se pencha vers son neveu.

— Et maintenant, acceptes-tu de m'embrasser ?

Nikos acquiesça timidement et lui tendit ses lèvres. Sa tante le prit dans ses bras et le serra affectueusement. Après une brève hésitation, le garçonnet lui rendit son étreinte. Il avait seulement besoin d'amour, songea Sylvie, la gorge serrée. De l'amour et de l'attention des siens.

5

Ils partiraient pour Monastiros le vendredi suivant. Une voiture les conduirait à l'aéroport où un hélicoptère les attendrait pour leur faire traverser la mer, sur quelques cent cinquante kilomètres, jusqu'à l'île, l'une des plus petites de l'archipel des Cyclades. Le valet de Léon et son infirmier les accompagneraient. Tante Ariane les accueillerait sur place. Apparemment, la tante de Léon vivait sur une île voisine de Monastiros, elle accomplirait le voyage en bateau.

Léon donna toutes ces informations pendant le déjeuner, sur la terrasse de derrière, à côté de la piscine. Sylvie, Nikos et lui étaient seuls. Aristote Petronidès était à son bureau, et sa femme avait un rendez-vous. Les deux filles, Marina et Perséphone n'étaient pas là non plus. Sylvie se réjouit de pouvoir parler avec Léon en privé.

Nikos était surexcité à l'idée de monter en hélicoptère. Il questionna interminablement son père sur le vol. En écoutant Léon répondre aux questions de son fils, Sylvie se détendait progressivement. La perspective d'un séjour à Monastiros ne lui apparaissait plus aussi redoutable. Léon était si agréable ! Elle appréciait vraiment sa compagnie. Et pour un homme tout juste sorti d'une grave opération, il se souciait étonnamment peu de sa santé... Jusqu'à ce jour, il avait simplement été le mari de Margot. Mais plus elle découvrait sa personnalité, plus Sylvie se prenait d'amitié pour lui.

Après le repas, on demanda au chauffeur de se tenir prêt à raccompagner la jeune fille chez elle. Nikos devait faire la sieste et Léon était lui aussi obligé de se reposer pendant les heures chaudes de l'après-midi.

— Revenez demain, je vous en prie, proposa-t-il à Sylvie en lui disant au revoir... Sauf si vous préférez visiter la ville. Vous devez absolument voir l'Acropole.

— Je la verrai une autre fois, répondit-elle fermement.

L'image du visage fatigué mais reconnaissant de Léon l'accompagna pendant tout le trajet du retour.

Mme Kuriakis la fit entrer puis disparut à la cuisine. La jeune fille, épuisée par la chaleur, se retira dans sa chambre et s'allongea... Des coups frappés à sa porte la réveillèrent en sursaut.

— Sylvie ? Sylvie ! C'est moi, Marina. Puis-je entrer ?

— Oh !... Bien sûr !

Encore engourdie, Sylvie se redressa sur ses oreillers, clignant des paupières lorsque le soleil se déversa à flots dans sa chambre, au moment où Marina y pénétrait.

— *Kalispera,* Sylvie, bonsoir ! Voulez-vous du thé ? Mme Kuriakis est en train d'en préparer.

Sylvie lui rendit son sourire et acquiesça en passant une main dans ses cheveux ébouriffés.

— Très volontiers, merci. Ai-je dormi longtemps ? Ma montre semble s'être arrêtée.

— Il est cinq heures vingt-huit exactement, annonça Marina. Vous deviez être très fatiguée, vous vous êtes endormie à trois heures, m'a dit Mme Kuriakis.

Sylvie fit une petite grimace.

— Oui, je devais être lasse, en effet. Je me suis levée très tôt ce matin, trop tôt sans doute.

— Je sais...

Marina la dévisagea d'un air espiègle.

— ... Vous vous êtes préparé du thé vous-même, n'est-ce pas? Mme Kuriakis me l'a raconté.

— Etait-elle très en colère? s'enquit Sylvie, la mine contrite. J'avais si soif!

— Elle a été... surprise, répondit prudemment Marina. Les invités de mon frère n'ont pas coutume de préparer eux-mêmes leur petit déjeuner.

— Oh! mais je n'ai rien fait de tel! Je... J'ai pris du café et des petits pains un peu plus tard avec... avec Yani... Il n'était pas très content lui non plus.

Marina fit la moue.

— Il n'a pas l'habitude de recevoir des femmes chez lui, fit-elle d'un air indifférent.

Sylvie se sentit brusquement émue à l'idée de revoir bientôt le jeune homme. Peut-être était-il déjà rentré? Elle avait réussi à ne pas penser à lui de toute la journée mais à présent, la remarque de Marina venait de lui remettre en mémoire l'épisode de la matinée. Elle avait hâte de savoir si elle avait été victime de son imagination ou si Yani avait vraiment voulu l'embrasser.

— Euh... Votre frère est-il ici? s'enquit-elle avec une insouciante feinte.

Marina secoua la tête et son cœur se serra.

— Il a un repas d'affaires ce soir. Mais mon frère Michael et sa femme nous ont invitées à dîner. Ensuite, nous irons visiter l'Acropole. C'est très beau la nuit.

Sylvie dissimula sa déception et se força à sourire.

— C'est très gentil à eux, dit-elle poliment.

La jeune Grecque parut ravie.

— C'est la moindre des choses, vous êtes si gentille d'être venue vous occuper de Nikos... Allons, enfilez une robe de chambre et venez prendre le thé. Nous bavarderons au salon.

Marina parlait volontiers et très vite, Sylvie sut tout

sur le petit ami du moment de Perséphone. Sa famille, apparemment, n'était pas très riche.

— Papa a très peur qu'on nous épouse pour notre argent et non pas pour nous-mêmes. Christina et Diana sont tombées amoureuses de fils d'armateurs et ont fait de bons mariages. Mais Perséphone et moi devons être perpétuellement sur nos gardes, surtout après... enfin... vous pouvez comprendre, acheva-t-elle en rougissant.

— Vous voulez parler de Léon.

Marina baissa les yeux, confuse.

— Eh bien... Il n'a pas fait un mariage très heureux, admit-elle en soupirant.

Sylvie acquiesça puis, choisissant soigneusement ses mots, elle risqua :

— Yani n'a-t-il jamais eu envie de fonder un foyer ? C'est-à-dire... Vos autres frères sont tous pères de famille, si je ne me trompe ?

— Oui, à l'exception de Loukas. Mais il a tout juste dix-neuf ans. Pour l'instant, il s'intéresse plus aux voitures de course !

Sylvie reposa sa tasse en se demandant comment ramener la conversation sur Yani, mais ce ne fut pas nécessaire. Marina fixait le plafond d'un air rêveur.

— Yani devait épouser Eléni, murmura-t-elle comme si elle réfléchissait. Vous la connaissez, n'est-ce pas ? Vous l'avez rencontrée hier soir... Mais il a attendu trop longtemps, elle en a épousé un autre.

— Eléni est mariée ! s'écria impulsivement Sylvie.

Mais déjà, sa compagne secouait la tête.

— Plus maintenant, expliqua-t-elle, navrée. Son mari est mort l'année dernière. Eléni est veuve à présent. Et depuis la mort de Giorgio, Yani l'entoure d'attentions.

— Et... Et a-t-il l'intention de lui demander sa main à votre avis ?

60

La jeune fille avait honte de sa curiosité, mais Marina ne parut pas s'en offusquer le moins du monde.

— Qui sait ? Peut-être, soupira-t-elle.

Elle tourna des yeux malicieux vers Sylvie.

— ... Qui sait ce qu'un homme comme Yani va faire ? Il est assez mûr pour prendre seul ses décisions... Et trop mûr pour être compris par vous ou par moi, à mon avis.

— Quel... heu... Quel âge a-t-il ?

— Trente-quatre ans. Il aura trente-cinq ans à la fin septembre. Pourquoi ?... Le trouvez-vous séduisant vous aussi ?

Sylvie s'empourpra.

— C'est un homme séduisant, en effet, reconnut-elle en regardant Marina droit dans les yeux. Aucune femme ne pourrait prétendre le contraire.

— Eh bien, en tout cas, ne le laissez pas vous blesser, Sylvie... D'ailleurs, il n'essaiera certainement pas. Il est conscient de votre jeunesse, sans aucun doute... De toute façon, vous ne le reverrez sans doute plus après votre départ pour Monastiros.

Sylvie dormit moins bien cette nuit-là. Sa conversation avec Marina l'avait troublée, elle passa de longues heures dans un demi-sommeil agité.

La soirée chez Michael et Lucie avait été très sympathique. Après le dîner, ils l'avaient emmenée sur l'Acropole. Elle n'oublierait jamais cette promenade au clair de lune, les colonnes antiques, les ruines du Parthénon. En dépit des outrages du temps et du manque de respect des touristes, le monument demeurait un chef-d'œuvre d'architecture, vieux de plus de deux mille ans, mais restant toujours aussi impressionnant.

Une fois encore, Yani n'était pas chez lui lorsque les deux jeunes filles étaient rentrées. Elles avaient bu une dernière tasse de café et étaient allées se coucher. Mais

Sylvie ne dormait pas encore lorsque l'ascenseur s'était arrêté en grinçant à l'étage. Elle avait entendu Yani rentrer et avait suivi tous ses gestes jusqu'à sa chambre.

En raison de sa mauvaise nuit, elle dormit tard le lendemain matin. Lorsqu'elle sortit de sa chambre après s'être douchée et habillée, il était déjà plus de neuf heures. Elle avait les traits tirés et les paupières encore lourdes. Certes, la soirée de la veille avait été agréable... Mais si Michael ne les avait pas invitées, Marina et elle, Yani aurait-il annulé son dîner pour leur tenir compagnie? Allons! cette question ne méritait pas de réponse! Après tout, Yani n'avait pas pour rôle de la divertir et de toute façon, il n'en aurait certainement aucune envie, s'assura-t-elle avec lucidité.

Elle passa encore la matinée en compagnie de Léon et de Nikos. Après le petit déjeuner, Marina avait téléphoné pour demander une voiture. A la grande déception de Sylvie, ce ne fut pas un taxi qui vint les chercher mais Spiro, le chauffeur des Petronidès. Ces trajets en voiture privée l'empêchaient de découvrir la vraie vie d'Athènes, estimait-elle. Mais lorsqu'elle exprima cette opinion à Léon, celui-ci protesta.

— Vous ne refuseriez tout de même pas le confort d'une Mercedes à air conditionné pour un vieux véhicule délabré! s'exclama-t-il. Athènes est une des plus belles capitales du monde, j'en suis convaincu, mais cela ne me fait pas oublier ses défauts, et les taxis sont souvent vieux et nauséabonds!

— Si j'étais à Londres, je serais probablement venue en autobus, remarqua Sylvie en enfonçant les mains dans les poches de son blue-jean. Pourquoi n'utiliserait-on pas les transports en commun? Malgré leur manque de confort évident, ils restent le meilleur moyen de se familiariser avec une ville.

Léon eut un sourire sans joie.

— Je le sais par expérience, de telles idées ne sont

jamais très réalistes. Comprenez donc ! Un Grec reconnaîtrait immédiatement une étrangère en vous. Votre physique, vos vêtements... Tout en vous trahit la touriste...

— Qu'avez-vous à redire sur ma façon de m'habiller ? l'interrompit Sylvie, aussitôt sur la défensive.

— Mais rien, rien ! assura Léon en riant. Croyez-moi, je l'apprécie... Et j'aime aussi votre façon de vous défendre. Cela prouve votre indépendance... Mais vous avez certainement remarqué des différences entre Marina et vous. Par exemple, elle ne mettrait jamais un pantalon pour aller dîner comme vous l'avez fait avant-hier. Elle ne doit même pas avoir un blue-jean dans sa garde-robe. Les jeunes filles grecques sont plus classiques, plus...

— Féminines ? suggéra sèchement Sylvie.

Léon lui posa la main sur le bras avec douceur.

— Mais non, voyons, affirma-t-il gentiment. Vous l'êtes aussi à votre manière, Sylvie, vous le savez certainement. Mais cela aussi contribue à vous démarquer par rapport aux autres, ici.

— Vous m'embarrassez, soupira-t-elle.

— Telle n'était pas mon intention. Mais croyez-moi, vous attirerez l'attention où que vous alliez. Et cela peut être désagréable dans certaines circonstances.

— Vous avez sans doute raison. J'aimerais seulement...

— Quoi donc ? Pouvoir visiter ma ville ?...

Son visage s'assombrit.

— ... Ce serait un plaisir de vous servir de guide... Un jour, peut-être.

Sylvie se mordit la lèvre, bourrelée de remords. Comment pouvait-elle se plaindre de son manque de liberté devant Léon ? Lui-même devait bien plus en souffrir !

— Je suis désolée, s'excusa-t-elle. Moi aussi j'apprécierais beaucoup votre compagnie. Après votre convalescence...

— Peut-être, acquiesça-t-il.

Il lui serra chaleureusement le bras. Sylvie se promit de ne plus se montrer aussi égoïste à l'avenir.

Sans avoir prévenu personne, Yani arriva à une heure. On allait justement servir le déjeuner sur la terrasse. Ce jour-là, Mme Petronidès et Perséphone étaient à la maison. Elles contemplèrent le nouveau venu d'un air perplexe et Mme Petronidès fronça les sourcils lorsqu'il se pencha vers elle pour l'embrasser. En l'observant, Sylvie le compara à son frère. Sans être massif, son corps était très musclé. Celui de Léon, en revanche, amaigri par sa longue maladie était plus anguleux. Si seulement elle pouvait l'aider à se rétablir, songea-t-elle, sa présence ici ne serait pas inutile.

Yani jeta un rapide coup d'œil autour de la table. Il observa brièvement le jeune visage empreint de pitié et de détermination de Sylvie. Il semblait lire dans sa pensée et ne pas approuver sa sollicitude, crut-elle, indignée. Mais elle n'eut pas le temps d'exprimer son ressentiment. Déjà, Nikos s'était levé de table et avait couru se jeter dans les bras de son oncle.

— Oncle Yani! Oncle Yani! Ecoute! s'écria-t-il avec enthousiasme. Sylvie et moi, nous allons faire des pâtés de sable sur la plage et des châteaux de sable, et nous allons nager dans la mer et chercher des coquillages dans les rochers!

Yani s'assit à côté de sa mère et prit le petit garçon entre ses genoux.

— Alors tu es content d'aller à Monastiros, Nikos? demanda-t-il.

— Oh oui!

Le petit garçon rayonnait de joie et, au bout d'un moment, Yani lui sourit.

— Tu viendras nous rendre visite? s'enquit Nikos.

Le souffle court, Sylvie attendit la réponse de Yani. Mais Léon intervint à sa place.

— Mais bien sûr, Nikos. Il est chez lui à Monastiros.

Sylvie tourna et retourna cette information dans sa tête pendant tout le repas. Après le dessert, la famille s'était dispersée. L'infirmier était venu chercher Léon pour le conduire à sa chambre, mais avant de se retirer, celui-ci s'approcha de Sylvie.

— Nous partirons pour l'aéroport à onze heures du matin, lui annonça-t-il. Demain à cette heure-ci, nous serons sur l'île. Nikos déborde d'impatience et moi-même, je suis de plus en plus pressé d'y être.

— A demain, donc, sourit Sylvie.

Léon s'éloigna. Aussitôt, Yani vint rejoindre la jeune fille.

— Venez, décréta-t-il sans préambule, je vais vous ramener à l'appartement.

— Ce n'est pas nécessaire... Spiro le fera.

— Je vous raccompagne, répéta Yani en lui prenant le coude pour l'obliger à se lever. Venez dire au revoir à ma mère. Vous ne la reverrez pas avant plusieurs semaines.

Sylvie contint sa colère et obéit. S'approchant timide-ment de la vieille dame, elle lui fit ses adieux.

— Je suis désolée si ma venue a été une cause de déception pour vous, madame, déclara-t-elle. Je ferai mon possible pour rendre Nikos heureux, je vous le promets.

Mme Petronidès hésita une fraction de seconde.

— Je vous demande simplement de ne pas oublier que votre présence ici est temporaire. Nous prendrons nos dispositions le plus tôt possible pour n'avoir plus besoin de vos services.

Elle avait déclaré cela d'un ton froid et hautain. Sylvie, ébahie, écarquilla les yeux.

— Me soupçonnez-vous de vouloir m'installer ici

définitivement ? s'indigna-t-elle. Je rentre à l'université cet automne, madame, et servir de nourrice à Nikos n'est pas ma plus haute ambition !

— Je suis heureuse de l'entendre, riposta Mme Petronidès avec un calme exaspérant. Mais, permettez-moi de vous le rappeler, votre sœur n'a pas hésité, à une certaine époque, à sacrifier ses ambitions pour se marier avec Léon. Vous pourriez trouver la perspective d'épouser un homme riche plus attrayante qu'un avenir universitaire incertain.

La jeune fille rougit violemment, en proie à la plus vive colère.

— Si vous pensez que je m'intéresse à Yani...

— Yani ! Yani !...

Mme Petronidès parut trouver cela follement drôle.

— ... Non, ma chère enfant, je n'ai aucune crainte de ce côté-là. Yani ne prêterait jamais attention à une personne aussi peu... convenable. Non, non, je parlais de Léon, bien entendu. Il a déjà prouvé sa vulnérabilité.

Sylvie, stupéfaite, la contemplait sans mot dire lorsque Yani, impatient, vint les rejoindre.

— Etes-vous prête ? s'enquit-il.

Sylvie lui jeta un regard indigné et, tournant les talons, elle s'en fut.

Il la rattrapa dans l'entrée et lui saisit violemment le poignet, le visage crispé.

— Est-ce là votre façon de remercier ma mère de son hospitalité ? gronda-t-il sourdement. Après avoir mangé à sa table ?

— Je m'en serais abstenue si j'avais su ! riposta-t-elle sans ambage. Ne me parlez pas d'hospitalité ! Votre mère ignore la signification de ce terme !

Les doigts d'acier de Yani s'enfoncèrent cruellement dans sa chair. Il la tourna brutalement vers lui.

— Vous allez retirer cette insulte immédiatement !

Mais elle se contenta de le dévisager sans mot dire, les lèvres serrées. Yani la toisa un moment, dans un lourd silence, puis, avec un juron, il la lâcha et sortit de la maison à grandes enjambées, suivi de la jeune fille. Sa Ferrari était garée devant la porte. Sans un regard pour lui, Sylvie ouvrit la portière et s'installa sur le siège du passager. Il régnait une chaleur étouffante à l'intérieur. Yani se glissa derrière le volant, jeta sa veste sur le siège arrière d'un geste brusque et brancha l'air conditionné. En quelques secondes, un souffle frais vint caresser les joues brûlantes de Sylvie. A la dérobée, elle jeta un coup d'œil à son compagnon. Elle ne regrettait pas son accès de fureur, il était justifié. Mais Yani ne le lui pardonnerait jamais, pressentait-elle.

Les pneus hurlèrent sur le gravier de l'allée, le portail électronique s'ouvrit automatiquement, et Yani tourna dans l'avenue paisible à vive allure.

Ils roulèrent en silence pendant un moment. Sylvie aurait volontiers engagé la conversation, mais elle ne savait que dire. Elle n'avait aucunement l'intention de s'excuser. Finalement, le jeune homme ralentit et se tourna vers elle.

— A présent, expliquez-moi pour quelle raison vous avez fait preuve d'une telle insolence, articula-t-il froidement. Il y a certainement une cause à votre comportement puéril.

— Ah vraiment ? rétorqua Sylvie, piquée au vif. Je ne voudrais surtout pas ébranler votre foi en votre mère. N'y pensez plus. Demain, je serai loin.

— Je veux savoir, insista-t-il...

Sylvie appuya son menton sur sa main et se tourna vers la vitre.

— ... Je l'exige, Sylvie. Vous allez parler !

La jeune fille était au bord des larmes.

— Oh pour l'amour du ciel ! Quelle importance !

Elle n'aime pas Margot et elle ne m'aime pas, un point c'est tout !

Yani freina et se gara sur un monticule dominant un parc boisé. La verdure était apaisante après la blancheur étincelante des immeubles. Un jet d'eau dansait dans une fontaine de pierre avec un murmure agréable. Mais Sylvie sentit son agitation croître en voyant Yani se tourner vers elle.

— Et maintenant, expliquez-vous. Vite !

— Je ne suis pas une enfant !

— Alors cessez de vous conduire comme si vous l'étiez ! Pourquoi vous êtes-vous montrée aussi grossière ? Que vous a dit maman ?

Elle pinça les lèvres.

— *Maman* m'a dit... commença-t-elle en insistant sur le « maman ».

— Poursuivez !

Sylvie sentit son courage l'abandonner.

— Eh bien... Je ne devrais pas m'imaginer que ma position ici était permanente.

— Votre position ?

— Oui... Le fait de m'occuper de Nikos. Elle prendra ses dispositions le plus tôt possible pour se passer de mes services.

— Et vous vous êtes mise en colère à cause de cela ? s'étonna Yani. N'est-ce pas là votre désir ? Partir le plus vite possible ?

— Enfin... Si... Ça l'était... Ça l'est toujours. Mais pas ainsi.

— Comment cela, « pas ainsi » ?

Il s'impatientait de plus en plus. Sylvie soupira.

— C'est bon, c'est bon, je vais tout vous révéler, puisque vous y tenez ! Je ne devrais pas me faire d'illusions, m'a-t-elle déclaré. Etes-vous satisfait ?

— Des illusions ? Quel genre d'illusions ?

— A propos de... Léon.

— Léon! Soit je ne vous comprends pas, soit vous vous expliquez très mal!

— Elle... Elle croit que je pourrais trouver attirante l'idée d'épouser Léon.

— Vous ne parlez pas sérieusement!

— Pourquoi pas?... Ce sont les paroles de votre mère. Dans son esprit, je pourrais bien avoir envie de me marier avec un homme riche.

Yani crispa les lèvres.

— Et que lui avez-vous répondu?

— J'ai nié, bien sûr!... Tout d'abord, j'ai cru qu'elle parlait de vous, ajouta-t-elle lentement en observant la réaction du jeune homme.

— De moi?...

Yani porta une main à son col et desserra le nœud de sa cravate.

— Pour quelle raison?

Il la scrutait d'un air hostile, les paupières mi-closes. Aussitôt, Sylvie fut sur la défensive.

— Comment le saurais-je? Léon est déjà marié et...

— Oui. Oui, en effet. Et vous feriez bien de ne pas l'oublier.

— Vous êtes donc d'accord avec votre mère? s'indigna-t-elle.

— Je n'ai rien dit de tel.

— Je l'espère bien! Comment osez-vous suggérer une chose pareille? Léon est votre frère, il a été très malade. Je lui témoigne un peu de sollicitude... d'affection, et vous voulez tout gâcher en m'accusant d'avoir des motivations secrètes?

— Je ne vous ai pas accusée. Ne soyez donc pas si susceptible, Sylvie! Essayez de comprendre! Léon et Margot n'ont pas vécu ensemble depuis près d'un an. Mon frère est humain, vous êtes ici, et Margot non.

— Vous êtes déloyal!

— Pourquoi? Je vois bien la façon dont il vous

regarde, dont il vous parle. Il trouve manifestement votre compagnie… agréable.

Sylvie était parcourue de frissons, sans vraiment savoir pourquoi. La proximité de Yani la troublait, l'inquiétait. Il éveillait en elle des désirs irrésistibles… et terrifiants. Instinctivement, elle répondait de tout son être à son pouvoir de séduction. Mais elle avait beau rêver de ses baisers, la réalité serait effrayante, elle en était convaincue. Yani n'était pas Brian, loin de là. Il était un homme.

— Que se passe-t-il ?

Il venait de remarquer son agitation. Sylvie secoua la tête, en signe de dénégation muette.

— R… Rien, balbutia-t-elle.

Et elle se détourna vivement, incapable de soutenir son regard. Mais Yani ne se contenta pas de cette réponse. Il saisit le menton de Sylvie de ses doigts longs et durs et tourna son visage vers lui.

— Sylvie ?… Au nom du ciel, vous n'avez pas besoin de me dévisager ainsi ! Vous pouvez faire confiance à Léon, il ne vous fera aucun mal. Il a besoin de consolation, voilà tout. Si vous le désirez, je lui parlerai…

— Non !…

Mortifiée, Sylvie écarta violemment la main de Yani. Ne comprenait-il donc rien ? Elle était à la fois soulagée et piquée au vif par son manque de perspicacité.

— Laissez-moi donc tranquille ! Et laissez Léon tranquille. Il n'a pas besoin de vous, et moi non plus !

— Vous dépassez les bornes !

Son visage était livide de rage. Sylvie se recroquevilla sur son siège, terrorisée. Allait-il la frapper ? Pendant une interminable seconde, elle en fut persuadée et attendit, incapable de faire un geste, pétrifiée. Mais avec un geste de mépris, envers elle ou envers lui-même, Yani se maîtrisa. Il passa la main dans sa chevelure lustrée puis, les deux coudes posés sur le volant, il resta immobile un moment, avant de tourner machinalement la clef de contact.

— Yani...

Elle s'entendit prononcer son prénom comme malgré elle.

— ... Yani, je vous en prie... Je suis désolée. Je n'aurais pas dû parler comme je l'ai fait.

Il se tourna vers elle, la transperçant de ses yeux noirs.

— Vous êtes désolée... répéta-t-il rudement. Et que suis-je censé dire ?

— Vous... Vous n'êtes pas censé dire quoi que ce soit. Je voulais simplement m'excuser. Je me suis montrée trop impulsive.

— Impulsive ? railla-t-il. Indiscrète, voulez-vous dire... trop hardie... stupide, même.

— Si vous voulez, soupira Sylvie.

— Si *je* veux ? Voulez-vous donc me faire croire ces balivernes ?

— Ce ne sont pas des balivernes, Yani. Je ne veux me quereller avec personne... Ce n'est pas moi qui ai commencé, ajouta-t-elle.

Un long silence s'établit entre eux.

— Ne pourrions-nous pas marcher un moment ? reprit Sylvie, au désespoir. Enfin... Vous devez sans doute retourner à votre bureau, bien sûr, mais ne pourrions-nous pas essayer de nous montrer plus agréables l'un envers l'autre ?

Yani fronça les sourcils.

— N'êtes-vous pas fatiguée ? La chaleur...

— Oh ! Je vais très bien, assura-t-elle en souriant. Je n'ai pas besoin de me reposer. Vous oui ?

Le visage du jeune homme s'adoucit imperceptiblement.

— En raison de mon grand âge, voulez-vous dire ?

Elle secoua la tête, indignée.

— Non! protesta-t-elle, vous n'êtes pas vieux!... Essayez-vous de susciter une nouvelle dispute?

— Peut-être... C'est peut-être plus sûr.

Et, avec ce commentaire énigmatique, il remonta la vitre.

Il faisait très chaud dehors. Debout près de la voiture, Sylvie attendit que Yani verrouille les portières. Il voulut porter la main à son col pour resserrer le nœud de sa cravate, mais elle l'en empêcha d'un geste.

— Ne vous détendez-vous donc jamais?

Yani voulut résister puis, avec un haussement d'épaules, il laissa retomber sa main.

Ils traversèrent la pelouse côte à côte. Le parc était presque désert à cette heure-ci. Bientôt, Sylvie se sentit plus rassurée; elle ouvrit largement les bras.

— Mmmm! Ce soleil n'est-il pas délicieux? J'aime beaucoup l'hiver, j'aime la luge et le ski, les châtaignes grillées dans la cheminée, mais l'été offre tellement plus de plaisirs, ne pensez-vous pas?

Yani eut un geste neutre, peu éloquent. Etait-il encore en colère? A cette idée, l'exubérance de Sylvie s'évanouit.

Elle s'arrêta à l'ombre d'un bosquet d'orangers. Le parfum délicat de ses fleurs se mêlait à celui d'autres massifs. Seuls, le son distant de la circulation et le bourdonnement des insectes venaient troubler le silence. Sylvie s'adossa à un tronc. Yani s'immobilisa en face d'elle. La jeune fille se força à soutenir son regard.

— M'en voulez-vous encore? murmura-t-elle d'un air volontairement candide.

Yani ne répondit pas aussitôt.

— Non, je ne crois pas, dit-il enfin, sèchement.

— Tant mieux. J'en suis heureuse. Je n'aime pas me fâcher avec les gens... Surtout lorsque je les aime bien.

Il plissa les lèvres d'un air sombre et posa les mains sur le tronc, de part et d'autre de Sylvie.

— Vous ne me connaissez pas. Comment savez-vous si vous m'aimez bien?

Sa soudaine proximité alerta Sylvie. Elle s'efforça de dissimuler son émoi.

— Mais c'est faux! Nous nous sommes rencontrés au mariage de Margot il y a sept ans...

— Comment se fait-il alors que vous ne m'ayez pas reconnu à l'aéroport?

Sylvie s'empourpra. Elle avait de plus en plus de mal à maîtriser son embarras, son souffle était court et ses mains tremblaient.

— C'était... C'était différent, parvint-elle à articuler. J'attendais Léon. Et vous... Vous aviez l'air si agressif!

— Je l'étais...

Doucement, il prit une mèche des épais cheveux blonds de Sylvie entre ses doigts et se mit à les lisser d'un geste caressant.

— ... J'avais l'intuition que Margot ne viendrait pas. En vous voyant, j'ai eu la confirmation de mes soupçons.

La jeune fille baissa les yeux, torturée par un désir douloureux. Puis, lentement, elle releva la tête et croisa le regard de Yani. Aussitôt, ils se détournèrent tous les deux. Le jeune homme s'écarta.

— Nous ferions mieux de retourner à la voiture, décida-t-il... Etes-vous prête?

Elle hocha la tête sans répondre. Et soudain, il fut tout proche. Passant une main sous sa nuque, il leva son visage vers lui et, sans lui laisser le temps de protester, il s'empara de ses lèvres.

Un sursaut de peur la fit tressaillir. Mais la bouche de Yani était persuasive, Sylvie fut instantanément désarmée. Son baiser n'avait rien d'effrayant, comme elle

73

l'avait redouté. Au contraire, il était doux, caressant, Yani cherchait à gagner la confiance de Sylvie, et il l'obtint. Avec un frisson involontaire, elle capitula. Elle n'avait jamais rien ressenti de tel auparavant. Sylvie avait envie de se fondre en Yani. Sans défense, incapable de lui résister, elle lui rendit son baiser. Alors la douce caresse du début se fit dure, exigeante, impérieuse. Instinctivement, Sylvie répondit à l'ardeur de Yani, nouant les bras autour de son cou, abandonnant toute retenue. Elle ne pouvait pas lutter contre la violence de ses sensations, elle était soumise, grisée. Yani demandait, exigeait la douceur de sa bouche et elle la lui offrait, subjuguée et terrassée tout à la fois.

Un klaxon intempestif vint briser cet instant délicieux. Aussitôt, Yani sembla se souvenir de l'endroit où il était et reprendre conscience de ses actes. Avec un sourd gémissement, il s'arracha à elle et, esquissant un geste de mépris envers lui-même, il secoua la tête.

Ivre de joie, Sylvie le dévisagea. Elle ne parvenait pas à se ressaisir. Ses lèvres meurtries palpitaient encore au souvenir de l'ardeur de Yani.

— Partons, souffla Yani d'une voix rauque.

Les genoux tremblants, la tête vide, Sylvie quitta le soutien du tronc d'arbre pour le suivre. Yani lui ouvrit la portière, l'aida à s'asseoir, puis fit le tour de la voiture pour venir s'installer sur son siège. Il ne mit pas tout de suite le moteur en marche.

— Je vous dois des excuses, fit-il sombrement, les yeux fixés sur la route devant lui. Je n'avais pas le droit d'agir comme je l'ai fait, et qui plus est, j'aurais dû faire preuve de plus de bon sens.

— De bon sens! répéta Sylvie, abasourdie. Ne vouliez-vous pas m'embrasser ?

— Cette question n'a pas de sens, répliqua-t-il fermement. Je suis un homme. J'ai abusé de votre jeunesse et de votre innocence.

74

— Il est inutile de vous excuser, déclara Sylvie, retrouvant une certaine maîtrise d'elle-même.

— Vous ne le méritez sans doute pas. Peut-être une jeune fille provocante comme vous trouve ma réaction naturelle. Mais je suis grec. Je mène ma vie selon certains... principes. Et avoir une liaison avec une adolescente peu farouche n'entre pas dans mes principes.

Sylvie aurait dû protester, se défendre, mais elle était trop stupéfaite. Provocante ! Il la trouvait provocante ! La vie devenait décidément bien surprenante ! En l'espace de dix jours, elle avait été décrite comme une jeune fille « féminine » et « provocante »... Jusque-là, elle avait toujours été persuadée du contraire.

Inconsciente de la portée de sa question, elle se tourna timidement vers Yani.

— Me trouvez-vous vraiment provocante ? demanda-t-elle, anxieuse d'obtenir une confirmation.

Avec une exclamation étouffée, il tourna la clef de contact.

— Ma mère a raison ! décréta-t-il, votre présence ici n'est pas une bonne solution, je m'en aperçois à présent. Nous devrons nous arranger le plus tôt possible pour vous permettre de rentrer en Angleterre.

Sylvie haussa les épaules, indifférente. Elle n'avait aucune envie de repartir. Mais la réaction de Yani, elle le savait, prouvait simplement qu'elle était désirable à ses yeux. Et même si, plus tard, elle devait s'en inquiéter, pour le moment, c'était une nouvelle bien agréable...

6

Sylvie remonta vers la villa en se frictionnant la tête. Il était à peine sept heures du matin, mais le soleil était déjà chaud sur ses épaules et la mer était tiède. Elle avait pris l'habitude de se baigner à la même heure tous les jours. Elle contempla d'un air satisfait sa peau hâlée. En fin de compte, son séjour à Monastiros s'avérait fort agréable, et ce qui était plus important encore, Nikos et Léon étaient heureux.

Son beau-frère avait beaucoup changé en dix jours. Il était arrivé épuisé par le voyage. Stephanos, son infirmier, et Paul, le valet, avaient dû le transporter de l'hélicoptère à la limousine. Arrivé à la maison, il était immédiatement allé dans sa chambre et n'en était pas ressorti de la journée.

Mais tout cela était du passé à présent. Quelques jours de chaise longue sur la terrasse de la villa lui avaient fait retrouver quelques couleurs, et la beauté paisible de l'île l'aidait peu à peu à recouvrer la santé. Il avait meilleur appétit et avait repris du poids. La veille au soir, il s'était même levé de son fauteuil et était descendu sur la plage avec Sylvie.

La jeune fille, inquiète, avait tenté de l'en dissuader. Mais il l'avait fait taire avec un sourire et finalement, cette promenade semblait lui avoir fait du bien.

Suivant l'exemple de son père, Nikos allait beaucoup mieux lui aussi. Il n'avait plus cet air malheureux et abattu des débuts et s'amusait sans retenue avec sa jeune tante.

Au grand soulagement de Sylvie, Tante Ariane ne ressemblait en rien à Mme Petronidès. La vieille dame, sœur d'Aristote Petronidès, était peu bavarde, mais sa gentillesse et son humour avaient conquis Sylvie. De plus, elle était très discrète et passait ses journées sur le balcon de sa chambre, crochetant d'extraordinaires dentelles aux motifs compliqués. Elle avait été fiancée à un jeune homme autrefois, mais ce dernier était mort sous l'occupation allemande. Depuis, elle avait mené une vie solitaire à Thirbos, l'une des îles avoisinantes.

Monastiros était un lieu d'une exquise beauté. Tous les matins, en se réveillant, Sylvie ressentait le même émerveillement. La villa était construite au-dessus d'une petite crique de sable blanc. Deux marches de pierre menaient à la terrasse, baignée de soleil, où les hibiscus et les géraniums fleurissaient à foison. Ils y prenaient en général leurs repas, sans se lasser de contempler les eaux étincelantes de la mer Egée.

La demeure elle-même était grande, mais très simple. Les murs de pierre étaient peints de blanc, à l'intérieur comme à l'extérieur, et les pièces étaient très peu meublées, mais confortables. L'ensemble avait une élégance rustique et sans prétention. Irène et Stavros, un couple d'âge moyen, s'occupait de l'entretien. Ils vivaient dans une maisonnette attenante à la villa. Aristote Petronidès avait acheté cette maison plusieurs années auparavant pour y passer les vacances avec ses enfants. Il y avait fait installer le téléphone et l'électricité. A présent, elle appartenait à toute la famille, chacun était libre de venir y séjourner quand bon lui semblait.

Toutefois, ils y étaient tous les quatre seulement et,

en se souvenant de l'attitude de Yani envers elle avant son départ, Sylvie doutait fort qu'il vint y passer quelques jours.

S'il venait tout de même, ce serait uniquement pour amener une nourrice et Sylvie refusait d'y penser : elle s'amusait énormément et n'avait aucune envie de repartir. S'il lui arrivait de songer au baiser échangé dans le parc, elle se hâtait de chasser ce souvenir de son esprit. De toute façon, cela ne se reproduirait plus, et c'était tant mieux : elle n'avait su lui opposer aucune résistance et craignait de n'en être pas davantage capable une autre fois. Le départ pour Monastiros avait été un véritable soulagement pour elle. D'ailleurs, Yani allait sans doute épouser bientôt Eléni, elle l'avait appris en bavardant avec Léon. Son père le poussait à se marier. Yani était son fils aîné, et l'armateur voulait des petits-fils.

Sylvie gravit les marches conduisant à la terrasse en nouant un ruban de soie dans ses cheveux. Longue et souple dans son minuscule maillot de bain, la peau dorée et le visage animé, elle était l'image même de la jeunesse, de la féminité naissante. Léon, assis à l'ombre de la maison, se leva automatiquement, impatient de recevoir la chaleur de son sourire.

— *Kalimera*, Sylvie !

Surprise, elle sursauta et se tourna vers lui.

— Léon ! s'exclama-t-elle en s'immobilisant. Mais pourquoi n'êtes-vous pas au lit ? Il est seulement sept heures ! N'êtes-vous pas fatigué après votre effort d'hier soir ?

Léon était vêtu d'un short et d'une chemisette. Il se frotta les jambes d'un air un peu intimidé et sourit.

— Je sais, j'ai l'air pâle et maladif, soupira-t-il. Mais je bronzerai et qui sait ? Peut-être dans quelques semaines me baignerai-je avec vous ?

— Vous avez très bonne mine, protesta Sylvie. Mais

78

rasseyez-vous, je vous en prie. Je dois aller me doucher et m'habiller. Nous prendrons le petit déjeuner ensemble. Cela me fera grand plaisir.

— Vraiment, Sylvie ?... A moi aussi. En fait, j'ai déjà commandé notre petit déjeuner. D'ailleurs, le voici. Votre douche devra attendre.

Sylvie soupira en examinant son corps humide. Allons ! Elle pourrait se laver plus tard ! Elle se réjouissait de voir Léon aussi alerte de bon matin.

Irène, la gouvernante, apporta le plateau et le posa sur la table en souriant avec bienveillance à son employeur et à sa jeune invitée. Timidement, elle s'adressa à Léon, le complimentant visiblement sur sa bonne mine. Celui-ci la remercia.

— Comment allez-vous, réellement ? s'enquit Sylvie en acceptant un verre de jus d'orange. Ne... Ne vous surmenez pas, je vous en prie.

— C'est promis assura-t-il en la contemplant avec un plaisir évident. Mais je me sentais si bien ce matin ! En vous voyant dans l'eau, j'ai eu envie de vous rejoindre.

— Oui, la mer est délicieuse à cette heure-ci, reconnut la jeune fille. J'aimerais bien acheter un masque de plongée, si je pouvais apprendre à m'en servir. J'ai essayé d'aller sous l'eau, mais le sel m'a irrité les yeux. Des lunettes me protégeraient.

— C'est possible. Mais de toute façon, ne vous éloignez pas trop de la côte.

— Oh ! il n'y a aucun danger par ici. Et même si je suis en difficulté, je pourrai toujours appeler au secours. Il y a beaucoup de pêcheurs.

— Néanmoins, je vous demande d'être plus prudente, insista paisiblement Léon.

Il posa la main sur celle de Sylvie. Elle était en train d'acquiescer lorsqu'une ombre sur la table lui fit tourner la tête.

— Ai-je... interrompu quelque chose ?

Stupéfaite, elle entrevit la haute silhouette de Yani se profilant en contre-jour sur le soleil. L'expression de son visage était dissimulée par l'ombre, mais l'intonation de sa voix ne laissait aucun doute : la scène à laquelle il venait d'assister le mécontentait au plus haut point.

Sylvie voulut retirer immédiatement sa main mais, sans lui en laisser le temps, Léon se leva avec une exclamation de plaisir. Les deux frères s'embrassèrent chaleureusement.

— Que fais-tu ici ? s'écria Léon en anglais, par égard pour Sylvie. Comment es-tu arrivé ? Nous n'avons pas entendu l'hélicoptère !

— Je suis venu par le ferry-boat de nuit du Pirée, j'ai marché depuis le port, expliqua Yani.

Il avait troqué son élégant costume habituel pour des jeans et un tee-shirt. Il jeta négligemment son blouson de cuir sur son sac de voyage et s'assit.

— La traversée en bateau est agréable, poursuivit-il, et je voulais vous faire une surprise.

— Eh bien tu as réussi ! déclara Léon avec bonne humeur. Nous ne sommes guère en tenue pour recevoir des visiteurs, comme tu t'en aperçois, mais Sylvie vient tout juste de se baigner et je l'ai convaincue de manger en ma compagnie avant d'aller se changer.

Les yeux noirs de Yani se posèrent sur la jeune fille d'un air d'approbation moqueuse. Celle-ci reposa aussitôt sa tartine, l'appétit coupé.

— Comment allez-vous, Sylvie ? Notre climat semble vous réussir. Vous avez déjà bien bronzé.

— Oui, n'est-ce pas ?

A quoi pensait-il en fait ? Se demandait-il si Léon et elle déjeunaient ensemble tous les matins dans cette tenue négligée ? Il ne la croirait sans doute pas si elle lui affirmait le contraire.

— Et toi, Léon ? Te sens-tu vraiment mieux ? Es-tu sûr de ne pas surestimer tes forces ?

— Ah ! Tu es comme Sylvie ! s'impatienta son frère. Elle me demande toujours de faire attention.

— Elle a raison. Il faut savoir être patient.

— Je... heu... Je vais prévenir Irène de votre arrivée annonça Sylvie, confuse... Non, je vous en prie, restez assis, continuez votre conversation...

— Un instant...

Yani se pencha vers son sac de voyage et en sortit quelques lettres.

— ... Il y en a deux pour vous, Sylvie, reprit-il en les lui tendant.

Léon, épuisé d'être debout, se rassit avec un geste d'excuse.

— Vas-tu passer quelques jours avec nous ? questionna-t-il d'une voix altérée par l'effort.

Yani avait visiblement envie d'observer les réactions de Sylvie devant son courrier, mais la voix de son frère l'inquiéta, il se tourna vivement vers lui.

— Au nom du ciel, Léon, es-tu certain de pouvoir te lever si tôt ? Le docteur Maxwell te l'a bien dit, tu dois te reposer.

— Oui, vous devriez être au lit, renchérit Sylvie.

Elle s'approcha aussitôt et s'accroupit près du fauteuil, levant vers lui des yeux anxieux.

— ... Je vais demander à Stephanos d'apporter votre chaise roulante. Ou préférez-vous que je vous aide à regagner votre chambre ?

— Je t'assure, Yani, je vais très bien !...

Léon posa la main sur la chevelure humide de Sylvie. Il la contempla avec douceur.

— ... Ne vous inquiétez pas, mon petit, reprit-il. Je suis simplement las d'être debout. Allez vite trouver Irène. Yani doit mourir de soif, mais il est trop poli pour nous le dire.

Sylvie lui adressa un sourire rayonnant et, sans se soucier de la présence de Yani, elle prit sa main et la porta à ses lèvres.

— C'est bon, j'y vais. Ensuite, j'irai directement prendre ma douche. Nikos ne va pas tarder à nous rejoindre.

Léon acquiesça sans la quitter des yeux. Leur entente, leur affection mutuelle étaient évidentes. Sylvie traversa la terrasse d'un pas souple, consciente du regard de Yani rivé sur elle. Elle avait besoin d'être seule pour s'accoutumer à l'idée de sa présence ici. Mais au moins, il n'avait pas amené de remplaçante...

Une fois dans sa chambre, elle s'assit sur son lit pour lire son courrier. Elle avait reconnu l'écriture de sa mère et de Margot. Yani savait-il de qui provenaient les lettres ?

Elle lut d'abord celle de sa mère. Sylvie lui avait écrit d'Athènes, la veille de son départ pour Monastiros, lui expliquant en partie la situation. Et à présent, dans sa réponse, Mme Scott exprimait son désarroi d'apprendre si tard la maladie de Léon. *Tout de même,* écrivait-elle, *ils auraient dû prévenir Margot !*

Sylvie poussa un soupir exaspéré. Sa mère s'était totalement méprise. Toujours prête à défendre sa fille aînée, elle avait immédiatement supposé que celle-ci n'était pas au courant.

Plus loin, elle parlait de ses activités quotidiennes, racontait le succès du festival d'été et se réjouissait de ses progrès constants au bridge. Elle parlait très peu de Margot et s'enquérait à peine du séjour de sa cadette en Grèce.

Le mot de Margot était plus bref et parfaitement égoïste. Elle se félicitait d'apprendre que Sylvie était bien arrivée et abordait aussitôt après le sujet des répétitions. Tout se passait bien, elle était satisfaite de son rôle. *Jerry a un peu de mal à trouver des subven-*

tions, avouait-elle. *Mais l'argent se fait rare partout. Dès qu'ils auront vu la pièce, les commanditaires se disputeront l'honneur de nous financer.*

Sylvie n'en était pas si sûre. Margot avait toujours pris ses rêves pour la réalité. Néanmoins, elle souhaitait secrètement le succès pour sa sœur. Malgré sa réticence lorsqu'elle avait dû venir en Grèce, elle ne regrettait plus d'avoir accepté. Son départ lui apparaissait comme une perspective lointaine et assez désagréable.

Une demi-heure plus tard, elle ressortit sur la terrasse. Son neveu y était seul, attablé devant son petit déjeuner. Il lui tendit la joue sans cesser de piquer des tranches de melon sur sa fourchette.

— Oncle Yani est ici ! s'écria-t-il la bouche pleine. Le savais-tu ? Il est arrivé ce matin par le bateau !

Sylvie ajusta les fines bretelles de sa robe et se mit à empiler les assiettes.

— Oui, répondit-elle sans enthousiasme. Je l'ai vu ce matin.

— Ah ?...

Il leva les yeux vers elle en fronçant les sourcils.

— ... Tu n'as pas l'air très contente. Que se passe-t-il ? Tu n'aimes pas oncle Yani ?

Sylvie soupira en haussant les épaules.

— Je ne peux pas dire si je l'aime ou pas, Nikos, je le connais à peine.

Nikos l'observait encore.

— Pourquoi portes-tu une robe ? demanda-t-il en plissant son petit nez. Tu n'en mets jamais d'habitude. Ne vas-tu pas jouer avec moi aujourd'hui ?

— Mais si, bien sûr ! Ne puis-je pas porter ce dont j'ai envie ? Elle ne te plaît pas ?

Le garçonnet fit la moue.

— Oh, elle est très bien... Mais je te préfère en maillot !

— Nikos !

Sylvie, irritée, le fustigea du regard, prête à le gronder. Mais un bruit de pas derrière elle attira son attention. Yani se dirigeait vers eux. Il avait pris le temps de se changer et de se raser. Ses jambes brunes et musclées étaient nues sous son short. Il ne portait pas de tee-shirt. Sylvie, troublée, se détourna vivement.

Heureusement, Nikos sauta à terre et courut se jeter dans les bras de son oncle avec un large sourire. Ils échangèrent quelques phrases en grec puis, avec un coup d'œil en direction de Sylvie, Yani enjoignit à son neveu de parler en anglais.

— Nous devons nous montrer polis avec ta tante, Nikos. Ton père et toi lui devez beaucoup.

— Oh oui ! approuva joyeusement le petit garçon. Moi et Sylvie nous amusons beaucoup.

— Sylvie et moi, rectifia son oncle.

— Vraiment ? ne put-elle s'empêcher de le taquiner.

Une fois de plus, Nikos sauva la situation.

— Combien de temps vas-tu rester, oncle Yani ? interrogea-t-il sans s'apercevoir de rien. Es-tu venu passer tes vacances avec nous ? Léni va-t-elle venir ? Puis-je te montrer comment on construit un château de sable ?

Yani l'interrompit d'un geste.

— Chaque chose en son temps, Nikos, chaque chose en son temps !... Oui, je vais rester quelques jours, et Eléni nous rejoindra peut-être plus tard. Quant à la durée de mon séjour... Cela dépend.

— Mais tu me laisseras t'apprendre à construire des châteaux, n'est-ce pas ? Tu ne passeras pas tout ton temps à parler avec papa ?

— Non, assura Yani avec un soupir résigné, c'est d'accord... Mais pour l'instant, va donc demander à Irène de te laver le visage et les mains. Je voudrais bavarder un moment avec... avec Sylvie.

— Je sais me laver tout seul ! s'indigna Nikos.

Mais, devant l'expression sérieuse de son oncle, il n'insista pas et, tournant les talons, s'éloigna à pas lents.

Resté seul avec Sylvie, Yani n'entama pas tout de suite la conversation. Il alla s'accouder au muret bordant la terrasse et contempla la mer d'un air sombre. Sylvie prit une chaise et s'installa à l'ombre. L'air était exquis, chaud et parfumé, une brise légère faisait bruire les feuillages des massifs de fleurs.

— Vous avez reçu une lettre de Margot, déclara enfin Yani sans se retourner. Vous dit-elle quand elle a l'intention de rentrer ?

La jeune fille baissa la tête.

— Non.

— Non ?

Il pivota sur ses talons et Sylvie affronta son regard.

— Les répétitions ne sont pas terminées. Elle ne peut pas encore partir.

En fait, Margot, pensait-elle, n'accepterait jamais d'abandonner sa vie londonienne. Et sa propre réaction à cette idée la troublait profondément. Le visage de Yani se durcit.

— Ainsi, ce rôle si important pour elle n'en est encore qu'au stade des répétitions ?

— Ces choses-là prennent du temps, plaida-t-elle, embarrassée. Il faut de l'argent... Des commanditaires... Tous les détails ne sont pas encore réglés, je crois.

Yani jura à voix basse et arpenta la véranda d'un pas décidé, s'arrêtant devant Sylvie.

— Combien de temps cela durera-t-il encore ? Quelles sont en fait les intentions de Margot ?

Sylvie était obligée de ployer la tête en arrière pour lui répondre. Elle distinguait mal le visage de Yani dans le soleil aveuglant.

— Je ne sais pas, je pense... Enfin, Margot m'avait dit... La nourrice de Nikos devait revenir.

— Dora ?

— Oui, Dora.

— Mais ce n'est pas le cas, vous le savez à présent.

— Pourquoi pas ? Son mariage ne l'empêche pas d'avoir un emploi.

— Plus tard, peut-être, concéda Yani. Si son mari ne gagne pas suffisamment d'argent et s'il accepte de la laisser travailler. Mais certainement pas dans un avenir proche.

— Mais... Mais n'aviez-vous pas parlé de lui chercher une remplaçante ?

— En effet. Malheureusement, Léon n'est pas d'accord. Il est très heureux avec vous, m'a-t-il déclaré.

Ce compliment la toucha profondément, son visage s'illumina. Mais l'expression froide et méprisante de Yani l'inquiéta.

— Vous ne l'approuvez pas ?

— C'est exact, je ne l'approuve pas du tout, rétorqua-t-il d'une voix métallique. Votre attitude me consterne. Vous rendez-vous compte de ce que vous faites ? Vous créez des problèmes insurmontables ! Comment Léon pourra-t-il jamais recouvrer la santé physique si vous ne cessez de le troubler mentalement ?

— C'est faux !...

Sylvie se leva d'un bond et se réfugia derrière la chaise, frôlant Yani au passage.

— ... Léon et moi sommes amis, c'est tout ! Amis ! m'entendez-vous ? Et parents ! L'auriez-vous oublié ?

— Ah oui ? Et avez-vous l'habitude de baiser la main de tous vos parents et beaux-parents ? cingla-t-il.

— Léon est différent ! s'écria Sylvie, écarlate.

— Vous avez pitié de lui ?

— Peut-être.

— Mais il n'a pas pitié de vous... Ni de lui-même.

— Que dites-vous ? s'affola-t-elle.

— Ceci : Léon a besoin d'une liaison, n'importe laquelle... Et vous pourriez bien remplir ce rôle.

— Vous vous trompez !... Et si vous étiez tout simplement jaloux ? lança-t-elle, hors d'elle. Après tout, vous m'avez bien fait des avances, n'est-ce pas ? Peut-être avez-vous des raisons toutes personnelles de me demander de changer d'attitude envers votre frère !

Elle s'était attendue à de nombreuses réactions en prononçant ces paroles téméraires, mais pas à son rire méprisant... Les joues brûlantes de honte, elle se sentit malheureuse, stupide, et puérile. Elle chercha désespérément une réplique acerbe mais ne la trouva pas.

— Il y a peut-être du vrai dans ce que vous dites après tout, railla-t-il enfin, impitoyable... Peut-être suis-je jaloux !

Mais Sylvie en avait assez.

— Allez au diable ! jeta-t-elle avec amertume.

Et, tournant les talons, elle s'enfuit en courant s'enfermer dans sa chambre.

7

Ce fut une journée horrible. Sylvie partagea son temps entre sa chambre et la plage. Elle ne voulait pas priver Nikos de sa compagnie, mais elle redoutait de s'exposer à nouveau aux sarcasmes de son oncle. Elle ne déjeuna pas, affirmant ne pas avoir faim, et prit prétexte d'une lettre à écrire pour se retirer à l'heure du dîner. Elle n'avait jamais sauté un repas depuis son arrivée sur l'île, mais Léon, espérait-elle, ne regretterait pas son absence. Après tout, les deux frères pouvaient avoir des choses à se dire, et elle se montrait simplement discrète en les laissant en famille.

Pourtant, Ariane Petronidès vint frapper à sa porte ce soir-là. Sylvie, assise près de la porte-fenêtre, contemplait les lumières d'une barque de pêcheur ancrée dans la baie. Sans savoir qui frappait, elle alla ouvrir, assez inquiète, et poussa un soupir de soulagement.

— Tante Ariane ! Quelle surprise ! Entrez donc !

— Je ne vous dérange pas, j'espère ? s'enquit la vieille dame dans son anglais approximatif. Ah ! Vous avez un peu mangé ! J'étais inquiète… Vous ne vous sentez pas bien, petite fille ?

— Mais si, très bien, affirma Sylvie en croisant les

mains derrière son dos. Je... Heu... J'écrivais à ma mère, c'est tout. Et je n'avais pas beaucoup d'appétit.

— Ni à midi... Et pourtant, vous avez dévoré jusqu'à aujourd'hui ?

— C'est peut-être la chaleur.

La jeune fille se força à sourire et repoussa nerveusement ses cheveux en arrière. Mais tante Ariane ne se laissa pas abuser.

— C'est possible... Ou bien serait-ce plutôt Yani ? Je vous ai entendus vous quereller sur la terrasse ce matin. Que vous a-t-il dit ? Pourquoi vous a-t-il bouleversée à ce point ?

Sylvie entrouvrit les lèvres, déconcertée. Oubliant que la vieille dame passait ses journées sur le balcon, elle avait élevé la voix inconsidérément.

— Je suis désolée si je vous ai dérangée, je...

— Mais non, mon enfant, pas le moins du monde !...

La tante de Léon s'assit et scruta Sylvie d'un air pénétrant. Elle avait au moins soixante-dix ans, mais son esprit était resté vif et alerte. Seules ses mains noueuses et ridées trahissaient son âge.

— ... Mais je connais Yani, poursuivit-elle fermement. Il n'a pas coutume de venir ici quand il a des affaires plus importantes ailleurs.

— Des affaires ? répéta Sylvie, dans l'espoir de détourner la conversation.

— Bien entendu. Il dirige la firme, vous le savez bien... Non ? s'étonna-t-elle. Son père a des ennuis de santé et Yani a pris la tête de la société. Et depuis la maladie de Léon, il est seul. C'est un lourd fardeau.

— Oui, sans doute.

Sylvie ne comprenait pas en quoi cela la concernait, mais tante Ariane semblait décidée à lui exposer en détail la situation.

— C'est pourquoi il devait avoir une raison toute particulière de venir à Monastiros, j'en ai la conviction.

Il se soucie de son frère, c'est entendu, mais ce n'est pas un motif suffisant.

Sylvie leva les mains d'un air perplexe.

— Sa venue ici aurait donc un rapport avec moi ?

C'était, pensait-elle, une suggestion parfaitement incongrue, mais cela lui paraissait être l'opinion de tante Ariane.

— Avec vous... Et avec votre sœur, oui, acquiesça la vieille dame, décevant ainsi Sylvie sans le savoir. A mon avis, il vous blâme pour la conduite de Margot. Et si c'est le cas, il faut réagir... Je n'ai jamais vu Nikos aussi heureux et rayonnant. Léon lui-même est influencé par votre... comment dire ? votre jeunesse exubérante. Quoi qu'ait fait Margot, quel que soit son comportement, vous ne pouvez être tenue pour responsable de ses actes. Et si Yani se sert de vous pour se venger d'elle, il faut l'en empêcher.

Sylvie poussa un petit soupir tremblant. Jusque-là, tante Ariane avait semblé ne rien voir, ne rien remarquer. Mais elle était la sœur d'Aristote Petronidès, Sylvie n'aurait pas dû l'oublier !... Si seulement les choses étaient aussi simples ! songea-t-elle en se dirigeant vers un coin sombre de la pièce pour dissimuler son expression. Si seulement Yani se souciait uniquement des actes de *Margot !*

— Eh bien ?

La vieille dame attendait une réponse, mais Sylvie n'en avait aucune à lui donner.

— Yani... Yani ne me blâme pas exactement, commença-t-elle en choisissant ses mots. Notre... Notre querelle portait sur autre chose. Euh... Rien d'important, vraiment.

Le scepticisme de la tante Ariane était évident, mais, courtoisement, elle s'abstint d'insister. Se levant péniblement, elle sourit à Sylvie puis, après une brève hésitation, elle prit la parole.

— Léon semble aller beaucoup mieux, ne pensez-vous pas ? Lui aussi m'a demandé de venir voir si vous n'étiez pas fatiguée... Alors vous vous joindrez à lui pour le petit déjeuner demain matin ? Après votre bain de mer, bien entendu.

Sylvie humecta ses lèvres sèches.

— D'accord.

— Allons, allons !...

Ariane caressa la joue lisse de la jeune fille du dos de la main.

— ... *Kalinichta,* Sylvie. Dormez bien.

Mais Sylvie ne dormit pas bien du tout, pour la première fois depuis son arrivée sur l'île, et elle se réveilla pleine de rancœur pour Yani. Il était le responsable de son insomnie. S'il avait des reproches à faire, pourquoi n'était-il pas allé trouver Léon ? s'indigna-t-elle en sortant du lit. Après tout, lui était marié, pas elle ; et si quiconque était à blâmer, c'était lui... Elle soupira. Comment Yani pourrait-il se disputer avec son frère malade ? Et de toute façon, ajouta-t-elle intérieurement avec un sursaut d'agressivité, qu'avaient-ils à se reprocher, l'un ou l'autre ?

En fait, elle ne pouvait pas répondre à cette question. La veille au soir, elle avait repassé dans son esprit tous leurs faits et gestes et n'avait rien trouvé d'inconvenant dans leurs relations. Ils étaient très proches l'un de l'autre, certes, mais n'était-ce pas naturel ? Ils vivaient sous le même toit, partageaient tous leurs repas, s'intéressaient aux mêmes choses. Elle n'avait jamais eu une attitude ambiguë avec lui et Léon s'était toujours comporté en grand frère affectueux avec elle. Ah ! Maudit soit Yani ! Maudit pour avoir insinué le doute dans son esprit, pour avoir troublé une relation innocente !

Achevant de nouer les bretelles de son maillot de bain, elle sortit de sa chambre et traversa le couloir sur la pointe des pieds. La porte d'entrée grinça lorsqu'elle l'ouvrit. Dehors, la clarté était aveuglante. Fermant les yeux, Sylvie offrit son visage aux rayons du soleil et s'étira. Comme elle comprenait les adorateurs du soleil de l'Antiquité ! D'un pas souple et bondissant, elle courut sur la terrasse et sauta sur le sable au bas des marches.

Ses soucis oubliés, grisée par le soleil et par sa propre imagination, Sylvie plongea dans l'eau étincelante et nagea un bon moment avant de s'apercevoir qu'elle n'était pas seule. A quelques mètres d'elle, une tête brune apparaissait au sommet des vagues. Un homme au corps long et musclé avançait à grandes brasses indolentes. C'était Yani, bien sûr. Ce ne pouvait être que lui. Irritée, frustrée, Sylvie retourna vers la plage. Non seulement il était venu troubler sa paix et son sommeil, mais il osait à présent lui gâcher le moment de la journée où elle aimait à être seule ! Des larmes de colère montèrent à ses yeux.

— Ohé !

Elle accéléra le rythme en entendant sa voix grave, refusant de se tourner vers lui. Il pouvait avoir toute la mer pour lui pendant son séjour. Elle en profiterait après son départ, dans quelques jours tout au plus !

— Sylvie !

Il semblait agacé à présent, et s'était dangereusement rapproché. Excellent sportif, il gagnait rapidement du terrain.

— Sylvie ! Attendez !

Ce dernier mot retentit juste derrière elle et au même instant, il lui saisit le bras. Sylvie, prise d'une peur absurde, se débattit de toutes ses forces, obligeant Yani à resserrer son étreinte. Il l'emprisonna dans ses bras et la serra contre lui.

— Cessez donc de gesticuler ! s'écria-t-il avec une pointe d'amusement. Que craignez-vous ? Je ne veux pas vous faire de mal, mais si vous continuez, nous risquons fort de couler tous les deux !

— Alors lâchez-moi !

Sa frayeur ne cessait de croître, l'empêchant de raisonner calmement. Affolée, incrédule, elle s'aperçut progressivement qu'il ne portait pas de maillot de bain. C'était impossible ! Elle s'immobilisa brusquement, sentant ses forces l'abandonner, les joues cramoisies de honte et d'indignation. Avec un geste irrité, Yani la lâcha et s'éloigna un peu.

— Là ! Vous êtes choquée à présent ! Mais aussi, pourquoi avoir réagi comme un poulain sauvage quand je voulais simplement vous parler ?

Sylvie avala péniblement sa salive. Une petite voix lui soufflait intérieurement de s'enfuir, mais elle ne bougea pas. Il était trop tard, à présent, et de toute façon, il n'avait visiblement pas l'intention de la toucher.

— Je... Nous n'avons rien à nous dire, balbutia-t-elle.

Yani fronça les sourcils.

— Ah non ? Même si je vous confie que tante Ariane est venue me trouver après vous avoir vue hier soir ?

Sylvie redressa le menton. Ses cheveux humides s'étalaient autour d'elle à la surface de l'eau.

— Et alors ? Je n'ai pas la moindre idée de ce dont vous avez bien pu discuter avec elle ! répliqua-t-elle. Votre tante se demandait simplement si je me portais bien.

— Vraiment ? Et vous ne lui avez pas avoué que je vous avais... importunée ?

— Si tante Ariane a cette impression, c'est son affaire, pas la mienne. Je ne me permettrais jamais de bavarder sur vous avec elle. Je suis parfaitement capable de résoudre seule mes problèmes.

— Ah oui ? railla Yani avec un sourire sardonique. En éludant la question, j'imagine ?

La jeune fille arrondit les yeux, surprise.

— En éludant la question ?

— Voyez-vous une autre façon de décrire votre attitude ? Comment appelleriez-vous votre obstination à m'éviter ?

— Vous vous flattez, affirma-t-elle, refusant de reconnaître la vérité. Je n'avais pas faim à midi, et j'avais des lettres à écrire hier soir.

— Manifestement des lettres très importantes !

— Manifestement, oui.

Elle se raidit en le voyant nager en cercle autour d'elle avant de revenir à l'attaque.

— Vous aviez peur de vous montrer, l'accusa-t-il froidement. Vous craigniez de me dévoiler que j'avais raison... Au cas où cela vous intéresserait, votre absence n'a nullement amélioré l'appétit de mon frère, ajouta-t-il plus lentement.

— Est-ce tout, monsieur Petronidès ? Avec votre permission, j'aimerais aller m'habiller avant le petit déjeuner.

— Et votre baignade ? s'exclama-t-il d'un air faussement contrit. Vous nagez pourtant tous les matins, m'a dit Léon !

— Et bien entendu, vous aviez décidé de me prendre au piège !

— Oui, en un sens...

L'indignation de Sylvie s'accrut.

— C'est donc vrai !

— Pourquoi pas ?

— Vous le savez très bien ! fulmina-t-elle.

— Ah !... Parce que je n'ai pas de maillot ?... Je regrette, je l'ai oublié, s'excusa-t-il, moqueur.

— Alors... Alors vous auriez dû... mettre autre chose !... En emprunter un à Léon, par exemple !

— Je ne porte pas les vêtements de mon frère, répliqua-t-il calmement. Et je ne vous savais pas si prude !

— Vous... Vous n'auriez jamais fait cela si j'avais été grecque, bredouilla-t-elle, hors d'elle. Oh ! vous êtes... Vous êtes détestable !

Et, se tournant brusquement, elle s'éloigna rapidement vers la côte.

Elle avait déjà atteint la plage et remontait vers la villa lorsqu'il la rejoignit. La saisissant brutalement, il lui fit faire volte-face.

— Ne vous avisez pas de recommencer, gronda-t-il sourdement.

Et, sans lui laisser le temps de répondre, il emprisonna ses lèvres. Son baiser, dur, impérieux, exigea et obtint une réponse de Sylvie, saisie par surprise. De seconde en seconde, leur étreinte se fit plus ardente, plus sensuelle. Il avait pris le temps de draper une serviette autour de ses hanches.

Elle voulait lui crier de partir, de la laisser, mais ses sens ne lui obéissaient pas. Presque convulsivement, elle leva les bras, les noua autour de son cou, enfouit les doigts dans sa chevelure épaisse et humide. Traîtreusement, son corps s'arc-boutait, se pressait contre celui de Yani.

— Ce n'était pas mon intention, chuchota-t-il enfin d'une voix altérée, frôlant des lèvres les gouttelettes d'eau de mer sur la joue satinée de Sylvie. Mais vous êtes si... si désirable ! Vous me poussez à me conduire d'une façon que je regretterai plus tard !

La tête de Sylvie tournait. Aveuglée par le soleil, elle ferma les yeux, oubliant tout sauf la présence de Yani, ses baisers enivrants, le pouvoir irrésistible de ses caresses. Ses longs cils ombraient légèrement ses joues, ses lèvres entrouvertes s'offraient innocemment, ses membres engourdis par la chaleur s'abandonnaient, sans force. Elle avait perdu toute conscience du lieu où elle se trouvait. Finalement, Yani dût la repousser, encerclant ses poignets de ses doigts de fer.

— Sylvie !...

Elle vacilla devant lui.

— Sylvie ! Qu'essayez-vous donc de me faire ?...

Instantanément, elle ouvrit les yeux en sursautant.

— Vous ne pouvez pas être aussi candide !

Elle le dévisagea comme hébétée puis, comprenant le caractère impudique de son attitude, elle se libéra. Rejetant ses cheveux mouillés en arrière, elle s'efforça désespérément de se ressaisir, de dissimuler l'intensité de son trouble.

Yani se détourna. Sylvie aperçut son short, posé sur le sable. Aussitôt, une vague d'indignation la submergea. Il avait délibérément voulu l'humilier, il aurait parfaitement pu se baigner en short !

— Je me demande comment Léon et votre tante réagiraient s'ils savaient comment vous vous êtes conduit ! lança-t-elle d'une voix vibrante de mépris. Ce que tante Ariane dirait, si je lui apprenais que vous vous êtes baigné nu ? Et surtout, sachant... *espérant !* que j'allais venir !

Il s'était penché pour ramasser son vêtement. En entendant Sylvie, il arrêta son geste et se tourna vers elle, le visage dur, les paupières mi-closes.

— Je ne suis pas un enfant, Sylvie. Leur opinion ne m'importe guère. Et si je décide de punir les petites filles provocantes comme vous, de quelque manière que ce soit, personne, m'entendez-vous ? Personne n'a le droit de m'en empêcher.

Sylvie retint son souffle.

— Je ne vous crois pas.

— C'est votre droit, railla-t-il... Mais si vous voulez m'obliger à me marier en me menaçant, vous perdez votre temps !

96

— Vous marier ? s'indigna Sylvie. Croyez-vous donc que j'accepterais de vous épouser ?

— Ah non ? Vous consentez donc à vous donner à moi en dehors des liens du mariage ?

— Jamais ! Comment... Comment osez-vous !

— Ma chère enfant, j'aurais pu vous faire mienne il y a un instant à peine si j'avais voulu offrir un tel spectacle aux oiseaux de mer.

— Non !... Vous êtes un monstre !

— Cela me semble un peu exagéré...

Il parut s'apercevoir à cet instant de l'agitation extrême de la jeune fille. Faisant un effort pour redevenir maître de lui, il eut un geste las.

— .... Allez vous habiller et oublions cette conversation. Peut-être me suis-je montré cruel... Peut-être est-ce de votre faute. Quoi qu'il en soit, nous ne devons pas laisser cette situation se reproduire. Heureusement, Eléni arrive demain. Cela vous aidera sans doute à garder le sens des réalités.

Léon était à table lorsque Sylvie ressortit de la villa, douchée et habillée. Son visage s'illumina quand il la vit arriver.

— Où étiez-vous donc hier ? Vous m'avez manqué ! Ne vous laissez pas effaroucher par la présence de Yani, je vous en prie. Je sais, vous vous sentez étrangère ici. Mais je vous l'assure, rien ne me fait plus plaisir que de bavarder avec vous.

Sylvie se força à sourire mais, après les accusations de Yani, les paroles de Léon lui semblaient gênantes... Le jeune homme arriva au même instant. Il la dévisagea rapidement et se tourna aussitôt vers son frère. Sylvie en conçut une absurde amertume. Dans sa chambre, elle avait trouvé son short et son débardeur de popeline gais et seyants. A présent, elle avait l'impression d'être une écolière... Si seulement elle n'avait pas coiffé ses cheveux en nattes !

— J'avais envie de prendre le ferry pour Piso, annonça Yani, en s'adressant à son frère. Je n'ai pas vu Riva depuis un certain temps, et je lui avais promis de lui rendre visite lors de mon prochain séjour à Monastiros. Je pourrais emmener Nikos avec moi... Cela permettrait à Sylvie de prendre une journée de repos.

Léon hésita, observant tour à tour son frère et la jeune fille.

— Emmène plutôt Sylvie, conseilla-t-il enfin. C'est vrai, elle n'a pas eu une minute de repos depuis notre arrivée et...

— Je n'en ai pas besoin, Léon, protesta Sylvie, sincèrement, je...

— Naturellement, si Sylvie veut venir, je me ferai un plaisir de l'escorter. Je pourrais les emmener tous les deux.

— Non, Nikos restera ici, il me tiendra compagnie.

— Léon, je...

— Allez-y, mon enfant, n'ayez pas de scrupules. Vous êtes en vacances, ne l'oubliez pas !

Sylvie décocha un regard courroucé en direction de Yani. Pourquoi Léon était-il intervenu ? Elle ne voulait pas passer toute une journée avec Yani, elle n'éprouvait aucune sympathie pour lui... Et lui n'avait certainement aucune envie d'être importuné par une petite fille insolente.

8

Les passagers étaient peu nombreux sur le petit
bateau, mais les rires et les exclamations fusaient
allègrement, accompagnés des caquetages assourdis-
sants de volailles enfermées dans un cageot sur le pont.
La vieille embarcation n'était guère rassurante. Chaque
nouvelle arrivée de passagers la faisait pencher dangereusement mais finalement, elle se stabilisa sur les flots
calmes en quittant le port.

Sylvie s'assit sur un banc à l'arrière, un bras sur le
bastingage, tournant délibérément le dos à Yani. Puis-
qu'il le fallait, elle l'accompagnait. Mais elle ne lui
donnerait pas une seule occasion de l'accuser à nouveau
d'être une petite fille provocante.

Elle avait pris le temps de se changer avant de partir,
troquant son short pour un maillot et une jupe porte-
feuille assortie. L'ensemble avait appartenu à Margot
autrefois, mais, la mode changeant, celle-ci l'avait
donné à sa petite sœur. Sylvie, alors âgée de treize ans,
avait sauté de joie. Mais la jupe était peut-être trop
courte pour la tendance actuelle, et la coupe faisait
assez démodée. Toutefois, Sylvie aimait cette couleur
rose passé et elle n'avait pu se résoudre à se défaire de
cette tenue.

Un dais de toile, tendu au milieu de la barque,

procurait un peu d'ombre. Sylvie avait choisi un coin de façon à être protégée mais, une fois le demi-tour accompli pour sortir du port, la situation fut inversée. Yani la vit jeter un coup d'œil inquiet au soleil déjà chaud.

— Pourquoi n'allez-vous pas vous installer là-bas? suggéra-t-il tranquillement.

Il désignait une place libre à côté de deux vieilles Grecques bavardes et animées. Une pile de caisses créait une zone d'ombre autour d'elles.

— Pourquoi pas? Leur compagnie vaut bien la vôtre! rétorqua Sylvie.

D'un pas alerte, elle entreprit de traverser le pont. Mais comme elle s'approchait, une forte odeur de poisson la fit ralentir. Les cageots! Si elle s'asseyait à côté, elle s'imprégnerait immanquablement de cette odeur... Mortifiée, les lèvres serrées, elle revint en arrière, chancelante sur la surface instable du bateau.

Yani la regarda se rasseoir avec une lueur amusée.

— Vous avez changé d'avis? s'enquit-il innocemment.

— Vous le saviez! l'accusa-t-elle. Vous saviez ce qu'elles contenaient!

— Je vois... Ma compagnie est donc préférable à celle du poisson?

Sylvie ne put s'empêcher de sourire.

— Pourquoi avez-vous accepté de m'emmener? s'écria-t-elle. Vous n'en aviez pas envie! Pourquoi ne pas l'avoir avoué à Léon?

— Ai-je dit que je n'en avais pas envie?

— Vous avez proposé d'emmener Nikos, pas moi.

Yani s'accouda au bastingage et contempla la mer avant de répondre.

— Peut-être savais-je à l'avance comment mon frère réagirait, remarqua-t-il. Léon est très galant.

— Mais pourquoi?... Après m'avoir dit...

— Oublions-le, au moins pour aujourd'hui. Suivez le conseil de Léon, profitez de cette journée.

Peu après onze heures, le bateau accosta sur le quai de la petite île de Piso. Yani sauta à terre et tendit la main à Sylvie pour l'aider à descendre. Après une brève hésitation, elle la prit, rougissant lorsqu'il lui prit la taille pour l'aider à retrouver son équilibre.

Piso ressemblait fort à Monastiros. Un groupe de maisonnettes blanchies à la chaux entourait le port, puis, aussitôt derrière, la colline s'élevait, nue et rocheuse. Un sentier poussiéreux traversait le village et montait à l'assaut de la pente, vers un petit monastère aux lignes sobres et élégantes.

Toutefois, ils obliquèrent sur un chemin longeant la côte, laissant bientôt Piso derrière eux. Ils escaladèrent un promontoire rocheux et redescendirent entre des orangeraies, destinées à l'approvisionnement des plus grandes îles avoisinantes, comme l'expliqua Yani.

Sylvie se demandait où ils allaient. La chaleur était étouffante, ses cheveux s'échappaient en mèches de ses tresses et lui tenaient chaud à la nuque. Elle avait les joues en feu et aspirait à se reposer.

— Regardez ! C'est vers là que nous nous dirigeons.

Yani s'était arrêté et Sylvie le rejoignit, pantelante, essoufflée. Un spectacle de rêve s'offrait à ses yeux. Ils étaient au-dessus d'une petite crique dans laquelle nichait une bâtisse solitaire. Un troupeau de chèvres paissait alentour.

— Est-ce… là où habite votre ami ? s'enquit-elle, hors d'haleine et les genoux tremblant de fatigue.

Yani acquiesça et d'un bon, il sauta au bas des rochers, se tournant vers sa compagne pour l'inviter à l'imiter. Sylvie sauta à son tour, mue par la perspective d'être bientôt à l'ombre, mais lorsque Yani la rattrapa dans ses bras et la serra contre lui, elle oublia momentanément tout le reste. Toutefois, elle se ressaisit vite et le repoussa fermement. Avec un bref signe de tête, Yani accepta de la lâcher. Sans mot dire, ils descendirent le sentier escarpé.

Un homme d'une quarantaine d'années était assis sous la véranda, les pieds posés sur une chaise, bras croisés, les yeux fermés. Il portait une paire de vieux blue-jeans trop larges et un grand chapeau de paille. Une bouteille de vin était posée sur une table devant lui, à côté d'un verre à moitié vide. Mais Sylvie s'intéressa surtout à une dizaine de croquis, jetés au hasard sur la table et à terre. Des boules de papier froissé témoignaient d'essais jugés insatisfaisants par l'artiste. Les dessins étaient excellents, s'aperçut-elle avec étonnement. L'un d'eux, surtout, l'émerveilla. Il représentait le visage d'une vieille femme, toute ridée et usée par le temps, mais empreint de sagesse et de sérénité... Un visage comme elle en avait vu des centaines depuis son arrivée en Grèce.

Yani fit la grimace en voyant tout ce désordre et, sans pitié, il saisit les jambes de l'homme endormi et les posa à terre. Ce faisant, il prononça quelques mots en grec, d'une voix sarcastique.

— Hé ?

L'homme se réveilla en sursaut et, se retrouvant face à face avec Sylvie, cligna des yeux sans comprendre. Puis il aperçut Yani. Aussitôt, son expression perplexe disparut, laissant place à un sourire chaleureux.

— *Oriste,* Yani ! *Ti kanete ?*

— *Kala, kala.*

Yani lui rendit son sourire avec affection.

— Angelos, je te présente ma belle-sœur, Sylvie. La sœur de Margot. Elle est venue nous rendre visite, mais elle ne parle pas notre langue.

Angelos dévisagea Sylvie avec intensité.

— Je suis enchanté de faire votre connaissance, Miss. Bienvenue dans mon humble demeure.

— Enchantée, répondit poliment la jeune fille en lui serrant la main... Je... Heu... Etes-vous l'auteur de ces croquis ? Ils sont très bons.

— Merci, vous me faites plaisir.

Il inclina la tête avec déférence. Il avait les cheveux bruns, courts et bouclés ; une moustache recourbée vers le bas lui donnait un peu une allure de pirate. Mais son sourire était communicatif, et il n'avait certainement pas besoin des compliments d'une toute jeune fille.

— L'œuvre d'Angelos n'est pas inconnue en Grèce... Et dans quelques autres pays, l'informa sèchement Yani.

Interceptant un regard entre eux, Sylvie se sentit gênée.

— Oh ! Je peins un peu, déclara gentiment Angelos, prenant pitié de son évidente confusion... Je pourrais peut-être faire votre portrait, ajouta-t-il en lui prenant le visage dans la main pour le tourner vers la lumière. Hum... Un visage encore très jeune, mais déjà bien dessiné...

Sylvie se dégagea, au comble de l'embarras. Angelos eut un geste d'excuse et prononça quelques mots en grec. Yani rit légèrement en la regardant.

— Asseyez-vous donc, suggéra leur hôte. Que viens-tu faire à Piso, Yani ? As-tu l'intention d'initier ta petite sœur aux délices de la plongée du haut de la falaise ?

— Elle n'est pas ma petite sœur, Angelos. Et je l'emmènerai peut-être sur la baie. Quant à plonger du haut de la falaise... Pas aujourd'hui, non, je ne pense pas.

Angelos acquiesça et versa un verre de vin à Yani. Puis il se tourna vers Sylvie.

— Vous devez avoir soif, Miss. Puis-je vous offrir du coca ? Ou un verre de jus de fruits, peut-être ?

Sylvie fut soudain irritée par son ton protecteur.

Quel âge lui donnait-il donc ? Elle n'avait tout de même pas l'air d'une écolière !

— J'ai dix-huit ans, vous savez, remarqua-t-elle d'un ton pincé. Et il m'arrive de boire du vin et des alcools... Mais j'accepterais volontiers un verre de coca.

Angelos sourit.

— Pardonnez-moi, Miss, je pensais... Oh ! cela n'a pas d'importance. Du coca, donc. Excusez-moi un instant.

Restée seule avec Yani, Sylvie fit une moue boudeuse.

— Quel âge me donne-t-on ? Quinze ans ? Seize ?

— Avec cette coiffure, oui, peut-être, acquiesça-t-il avec indifférence. C'est ce qui vous rend si attirante, l'ignoriez-vous ? L'esprit d'une enfant dans le corps d'une femme.

Sylvie n'avait pas encore trouvé de réponse appropriée lorsque Angelos revint, une bouteille et deux verres dans les mains.

— Je ne voulais pas vous offenser tout à l'heure. Je ne m'attendais pas à voir la petite sœur de Yani préférer des boissons alcoolisées.

— Je te l'ai déjà dit, Angelos, elle n'est pas ma petite sœur. Et elle ne préfère pas l'alcool. Elle plaisantait.

— Vraiment ?

Le peintre avait l'air sceptique. Ne supportant plus leurs taquineries incessantes, Sylvie posa son verre et descendit sur la plage. Otant ses sandales, elle courut sur le sable chaud jusqu'au bord de l'eau. Puis, sans hésiter, elle dénoua sa jupe et se jeta dans les vagues. C'était rafraîchissant après la longue marche pour arriver et, en quelques secondes, Sylvie oublia sa fatigue et son embarras. Fermant les yeux, elle se laissa flotter sur le dos, bras ouverts, parfaitement heureuse.

Un clapotis la fit sursauter. Quelqu'un nageait non loin d'elle. Ouvrant les yeux, elle jeta un coup d'œil autour d'elle, apeurée. Elle n'avait pas oublié sa baignade du matin, quand Yani avait paru si peu se soucier de sa pudeur. C'était lui ! Son cœur se mit à battre violemment dans sa poitrine. Il venait vers elle. Sylvie leva la main comme pour lui interdire d'approcher.

— Etes-vous devenu fou ? Que faites-vous ? s'écriat-elle.

Yani sourit en comprenant la raison de son affolement.

— Je voulais vous proposer de faire un peu de plongée sous-marine... Si vous vous êtes remise de vos blessures d'amour-propre.

Son corps paraissait noir sous l'eau. Il portait une combinaison de caoutchouc. Sylvie en fut extrêmement soulagée.

— Dois-je porter une combinaison comme celle-ci ? demanda-t-elle d'un air inquiet.

— Non, ce n'est pas la peine. Allons, venez, cela vous plaira certainement. Avez-vous déjà essayé ?

C'était la première fois, mais Sylvie comprit très vite la façon de se servir du masque, en respirant uniquement par la bouche. Peu à peu, prenant de l'assurance, elle osa s'éloigner de la côte. Le spectacle sous l'eau était magnifique. On ne trouvait pas dans la mer Egée cette végétation sous-marine luxuriante typique des mers plus chaudes. Mais la variété des poissons et les dessins délicats des roches étaient infinis. Bientôt, Sylvie oublia tous ses griefs envers Yani. Il venait de lui faire découvrir des choses merveilleuses et elle lui en était reconnaissante.

— Cela m'a beaucoup plu ! s'exclama-t-elle en sortant pour rejoindre Yani. C'était féerique !

— Vous ne regrettez donc pas d'être venue ?

— Oh non ! Merci beaucoup, Yani.

Le jeune homme détailla rapidement le corps peu

vêtu de Sylvie, puis il se détourna avec brusquerie. Ramassant les bouteilles à oxygène, il les harnacha sur son dos et noua les lanières.

— Je reviens dans une demi-heure. Prévenez Angelos.

Sylvie hocha la tête et le regarda disparaître dans les profondeurs avant de remonter vers la maison.

Angelos n'était plus sous la véranda. Sylvie s'approcha de la porte d'entrée et appela timidement son nom. Le peintre émergea aussitôt par une autre porte, amenant avec lui une bouffée d'une délicieuse odeur de cuisine. D'un signe, il invita Sylvie à venir le rejoindre.

Il préparait le déjeuner. Un mélange odorant de riz et de fruits de mer mijotait sur la cuisinière. Du pain frais, du fromage et une énorme grappe de raisins dorés étaient posés sur la table de bois.

— Servez-vous si vous avez faim, proposa Angelos en voyant briller ses yeux. Ici, nous ne faisons pas de manières. Si nous avons soif, nous buvons, si nous avons faim, nous mangeons. N'est-ce pas là la meilleure façon de vivre ?

— Sans doute, oui, sourit Sylvie.

— Bien. Où est Yani ?

— Il fait de la plongée. Il sera de retour dans une demi-heure.

— Parfait. Cela laissera au riz le temps de cuire. S'il m'avait annoncé votre visite, j'aurais tué un poulet, mais vous devrez vous contenter de fruits de mer.

— Ça a l'air délicieux. Vivez-vous seul ici, monsieur Riva ?

— Angelos. Appelez-moi Angelos.

— D'accord. Angelos, donc. Est-ce votre foyer ?

— C'est mon foyer à Piso, oui.

— Ce n'est pas une réponse, protesta Sylvie. Avez-vous une autre demeure ailleurs ?

— Peut-être.

La jeune fille fit la moue et s'assit sur un banc.

— Vous êtes un portraitiste renommé, semble-t-il ?

— J'ai eu de la chance, concéda-t-il en se versant un verre de vin. Je le dois à Yani. Sans son soutien, je continuerais encore à faire des portraits de touristes pour quelques drachmes.

— Le connaissez-vous depuis longtemps ?

— Depuis plus de vingt ans ! soupira-t-il. Je travaillais pour son père, à l'époque où Yani était encore au lycée. J'étais chauffeur et à mes moments perdus...

— Vous dessiniez des portraits pour les touristes ?

— Exactement. Il y a bien longtemps de cela.

Sylvie grignota un morceau de fromage d'un air pensif.

— Alors vous connaissez sans doute la jeune fille qu'il... qu'il devait épouser ?

— Eléni ? Oui, en effet. Yani l'aimait beaucoup.

— Alors pourquoi ne l'a-t-il pas épousée ? ne put-elle s'empêcher de demander.

Heureusement, Angelos ne parut pas s'étonner de son indiscrétion.

— A mon avis, Yani n'était pas amoureux d'Eléni, à l'époque. Il était trop jeune, il sortait à peine de l'université. Il ne voulait pas... Comment dire ? Se lier.

— Et Eléni s'est mariée avec un autre.

— Oui, Giorgio Frédériks. Il avait deux fois son âge, mais il possédait la fortune qu'elle rêvait d'avoir.

Sylvie leva les yeux vers lui mais déjà, Angelos s'était penché sur la cuisinière et paraissait se concentrer sur le contenu de la marmite. Sans doute estimait-il en avoir assez dit, sinon trop.

Lorsque Yani revint, Sylvie et Angelos étaient plongés dans une discussion sur leurs goûts mutuels en peinture et en littérature. Le peintre parut désolé de cette interruption et Yani remarqua sèchement qu'il ne leur avait visiblement pas manqué.

— Nous échangions nos opinions sur le néo-impressionnisme, expliqua gaiement Angelos. Ta petite sœur a des idées très avancées, Yani! Elle aime les œuvres d'Angelos Meya!

Sylvie ne comprit pas immédiatement le sourire moqueur de Yani.

— Et sait-elle qui est Angelos Meya? s'enquit celui-ci sans la regarder.

Sylvie le dévisagea, puis se tourna vers Angelos, puis vers Yani à nouveau.

— Angelos Meya! s'exclama-t-elle. *Angelos!* Mais alors... Vous...

— Oui, je le confesse, avoua le peintre en riant.

Il était déjà tard lorsqu'ils quittèrent Angelos pour reprendre le ferry. Les grillons avaient entonné leur chant monocorde dans l'air tiède du crépuscule. Au loin, les lumières de la baie scintillaient.

— Avez-vous passé une bonne journée? demanda Yani.

— Vous le savez bien! Quel homme fascinant! Il a fait tant de choses intéressantes dans la vie! Vous devez être fier de vous.

— De moi? s'étonna-t-il.

— Mais oui. Vous avez reconnu son talent, vous l'avez aidé à réaliser son ambition...

— Avec ou sans moi, Angelos aurait réussi de toute façon, affirma Yani. Il ne me doit rien.

— Ce n'est pas son avis. Ni le mien. Vous... Vous avez fait beaucoup pour lui.

— Vraiment? Auriez-vous quelque estime pour moi, pour une fois? ironisa-t-il.

— Ne la gâchez pas. J'ai passé un moment merveilleux et je vous en suis reconnaissante.

— A quel point? murmura-t-il.

Sylvie baissa la tête pour dissimuler son expression. Par bonheur, ils arrivaient au port, elle n'eut pas à répondre. Les passagers étaient rares, dans la cabine du capitaine, un air de bouzouki s'échappait de la radio. La nuit tombait rapidement. C'était l'heure bénie des amoureux.

— Et vous, questionna Sylvie, s'enhardissant, avez-vous passé une bonne journée ?

— Comment aurait-il pu en être autrement, avec une si charmante compagne !

— Vous vous moquez de moi... Comment avez-vous supporté le fait de nager avec le maillot d'Angelos ?

— Avais-je le choix ?

— Non. Et de toute façon, il vous allait très bien. Vous êtes très bien bâti.

— Sylvie ! On ne dit pas des choses pareilles ! Ne vous l'a-t-on jamais appris ?

— Pourquoi pas ? insista-t-elle, espiègle. C'est la vérité ! Vous êtes bien mieux proportionné et plus bronzé que beaucoup de garçons.

— Je ne suis pas un garçon, j'ai presque quarante ans ! L'âge mûr !

— Trente-quatre ans, ce n'est pas l'âge mûr.

— Comment le savez-vous ? interrogea-t-il en fronçant les sourcils.

— Par Marina, en fait.

— Je vois... Avez-vous de l'amitié pour ma sœur ?

— Oui, je l'aime beaucoup.

— Peut-être aurait-elle dû venir à Monastiros à la place de tante Ariane.

— Pourquoi ?

— Ma tante est âgée. Peut-être sa vue a-t-elle baissé ?

— Vous faites encore allusion à mes rapports avec Léon, soupira Sylvie, peinée. Vous aviez promis de ne plus en parler pour aujourd'hui !

— C'est un sujet de conversation moins dangereux, ne pensez-vous pas ?

Sylvie sentit des picotements lui parcourir la peau.

— Combien de temps pensez-vous rester ? se hâta-t-elle de demander. Tout le week-end ?

— Je n'en sais rien encore. Eléni arrive demain. Si elle a envie de rester, nous passerons quelques jours à Monastiros.

Sylvie enregistra tristement cette réponse. Yani s'était détourné, les yeux fixés sur les lumières maintenant proches de Monastiros. Le cœur lourd, elle s'accouda au bastingage. Le charme était rompu. En lui parlant de son séjour, elle lui avait rappelé l'arrivée imminente d'Eléni. Quels étaient ses sentiments véritables envers elle ? Allait-il l'épouser, comme sa famille semblait s'y attendre ? Et en quoi cela la concernait-elle ? Il la considérait comme une adolescente amusante, rien de plus.

9

Le lendemain matin ressembla à tous les autres depuis l'arrivée de Sylvie à Monastiros. Elle se baigna au réveil, sans être dérangée par quiconque, prit son petit déjeuner en compagnie de Nikos et de Léon, puis retourna sur la plage avec le petit garçon. Yani était resté invisible. Sans doute voulait-il se reposer pleinement avant l'arrivée d'Eléni, supposa-t-elle. Aussi fut-elle très surprise en voyant un canot accoster juste avant le déjeuner. Yani était seul à bord.

Nikos, surexcité, courut à la rencontre de son oncle en gesticulant et en le suppliant de l'emmener faire un tour en mer. Sylvie le suivit plus lentement, après avoir épousseté le sable de ses membres dorés et repoussé en arrière ses deux couettes maintenues par des élastiques.

— Oncle Yani m'emmène ! s'écria le petit garçon ravi en la voyant arriver.

— Voulez-vous vous joindre à nous ?

Se souvenant de sa froideur de la veille, Sylvie refusa.

— Il fait trop chaud, déclara-t-elle en se couvrant la tête des mains. Vas-y Nikos, je te retrouverai après. Et soyez prudents !

Sans répondre, Nikos grimpa à bord de l'embarcation. Il ne l'écoutait même plus.

— Ne craignez rien, je ferai attention, répondit posément Yani. J'ai deux ceintures de sauvetage, je vais lui en mettre une immédiatement.

— Très bien. A plus tard, donc.

— A tout à l'heure.

Sylvie le regarda pousser le canot dans des eaux plus profondes avant de se hisser à bord, vêtu seulement d'un short. Puis elle remonta vers la villa, la mine boudeuse. Il était un des rares hommes aussi séduisants habillés qu'en maillot. Il était vraiment bien proportionné, se dit-elle en faisant rageusement voler un peu de sable, et d'ailleurs, tout en lui était beau. C'était injuste ! Elle n'avait jamais rencontré un homme comme lui auparavant, et il lui reprochait de se montrer provocante avec lui, quand chacun de ses gestes éveillait en elle des sensations incontrôlables...

Léon se reposait dans sa chambre quand elle arriva. Elle prit une douche froide et en ressortit de bien meilleure humeur. Elle enfila une jupe en jean et un petit gilet de coton, se brossa longuement les cheveux, les noua sur sa nuque, et se sentit prête à affronter l'arrivée d'Eléni. A quelle heure arriverait-elle ? Dans l'après-midi, sans doute... Sylvie se rembrunit à cette perspective.

Le déjeuner fut servi tard, car ils attendaient le retour de Yani et de Nikos. Le petit garçon surgit en bondissant sur la terrasse où Léon et Sylvie buvaient des jus de fruits glacés. Yani arriva derrière lui et se jeta sur une chaise en souriant à son frère.

— Mon Dieu, quelle chaleur !

Irène lui apporta une bouteille de bière bien fraîche.

— Nikos est ravi, observa Léon. Tu es gentil de t'être occupé de lui ainsi.

Yani haussa les épaules, observant à la dérobée Sylvie qui essuyait la bouche poisseuse du garçonnet avec un mouchoir en papier.

— Cela m'a fait plaisir. C'était un temps idéal pour se promener en mer. Le vent n'était pas trop fort.

Léon jeta un coup d'œil vers le ciel.

— Non, en effet... Mais nous risquons d'avoir un orage plus tard. L'air est assez lourd.

— C'est possible... J'en doute, cependant. La mer est trop calme.

— Enfin... Et si nous mangions ? Je meurs de faim. Pas vous ? ajouta-t-il en se tournant vers Sylvie.

— Un peu, oui, concéda-t-elle avec un pâle sourire.

En réalité, elle avait l'estomac noué et se sentait incapable d'avaler une bouchée.

Le repas fut délicieux, comme à l'accoutumée. Irène leur apporta diverses salades, de la viande froide, du homard et de la quiche, avec une grande bouteille de vin blanc.

Sylvie picora dans son assiette. Yani ne semblait pas avoir grand appétit, lui non plus. Léon, en revanche, mangea de bon cœur, dégustant son vin avec un plaisir évident. Il reprenait des forces de jour en jour. Ses joues avaient perdu leur pâleur maladive et il n'était plus aussi mince.

Après le dessert, Stephanos vint chercher son maître pour l'emmener se reposer. Irène avait déjà emporté Nikos, tout assoupi, dans sa chambre. Yani et Sylvie restèrent seuls sur la terrasse.

— Vous ne faites donc pas la sieste ? s'enquit Yani.

— Vous le savez bien... A quelle heure Eléni doit-elle arriver ?

Yani repoussa sa chaise et se leva, agacé.

— Pourquoi me posez-vous sans arrêt des questions à propos d'Eléni ? Que vous importent l'heure de son arrivée ou la durée de son séjour ?

Parce que je veux savoir combien de temps vous-même resterez, eut envie de rétorquer Sylvie, mais elle s'en abstint.

Comme elle ne répondait pas, Yani parut changer brusquement d'humeur.

— Aimeriez-vous vous amuser cet après-midi ? Je connais un endroit idéal pour cela.

— Mais...

— Oui, je sais. Eléni ! coupa-t-il sèchement. Eh bien ? Venez-vous oui ou non ? J'ai envie de sortir d'ici et je vous demande si vous m'accompagnez.

— En barque ?

Sylvie hésitait.

— Non. Nous rejoindrons le port en canot et de là, nous poursuivrons avec le yacht. Je préfère ne pas prendre de risques, Léon a peut-être raison de prédire un orage. Alors ? Venez-vous ?

— D'accord. Je vais me changer.

— C'est inutile. Allons, venez ! hâtez-vous ! Nous perdons du temps !

Il sembla se détendre peu après et rit joyeusement des efforts maladroits de Sylvie pour garder l'équilibre, posant parfois ses mains chaudes sur sa taille quand elle éprouvait trop de difficultés.

Le yacht était grand, avec des cabines pouvant accueillir de quatre à six personnes. Yani laissa Sylvie, fascinée, en explorer tous les recoins tandis qu'il remontait au poste de pilotage pour effectuer les manœuvres.

Ils atteignirent bientôt la pleine mer. Allongée sur le pont, Sylvie offrait son visage à la caresse du vent. Au bout d'un moment, elle décida d'aller retrouver Yani dans la cabine. Il consultait des cartes étalées devant lui. Impulsivement, elle se pencha sur son épaule et il se recula pour éviter de la frôler.

— Où allons-nous ? questionna-t-elle en se redressant, blessée par sa réaction.

— Dans l'île de Stavira. Elle appartient à une agence de voyages qui l'a transformée en club de loisirs. Il s'y passe toujours quelque chose. C'est un endroit assez mondain, fréquenté par la haute société internationale.

Intriguée et légèrement anxieuse, Sylvie retourna sur le pont, refusant de penser à la réaction d'Eléni lorsqu'elle arriverait et ne trouverait pas son fiancé pour l'accueillir.

Le son des guitares et des tambours rythma leur arrivée au port de Stavira. Un gigantesque barbecue était organisé sur la plage.

— Tout le monde a donc le droit de venir ? s'étonna Sylvie en acceptant la main de Yani pour descendre.

Il sourit, amusé.

— Oui, du moment que vous achetez des consommations. C'est simplement un hôtel, même s'il s'intitule le *Club Athénée*. C'est un établissement moderne, très prisé des jeunes.

Le bâtiment se dressait à quelque distance de la plage, entouré de jardins luxueux, plantés de palmiers. Des pancartes indiquaient la piscine, les courts de tennis, les salons de beauté et les restaurants. L'atmosphère était cosmopolite, comme le lui avait annoncé Yani et Sylvie songea à part elle qu'elle préférait de beaucoup Monastiros.

Yani semblait d'humeur étrange. Il était sec, cassant, comme mu par une froide détermination. Sylvie le suivait, inquiète.

Très vite, il fut hélé par un groupe de jeunes gens réunis autour d'un bar dressé en plein air. Ils étaient une dizaine, tous en maillots de bain, et ils firent à Sylvie l'effet d'être une tribu curieuse arrivée d'une autre planète. Les femmes étaient maquillées et les hommes portaient toutes sortes de bijoux, bagues, et même, pour deux ou trois d'entre eux, des boucles d'oreilles.

Personne ne fit les présentations. Yani mentionna deux ou trois noms et introduisit simplement sa compagne par son prénom, Sylvie. D'ailleurs, personne ne parut s'intéresser à elle.

— Chéri ! roucoula une des jeunes femmes, je ne vous ai pas vu depuis une éternité ! Où vous cachiez-vous donc ?

— Peut-être la douce Eléni le retient-elle prisonnier, suggéra une blonde qui portait un minuscule deux-pièces à peine décent.

La première devait être française et la seconde anglaise.

— En tout cas, il n'a pas manqué de compagnie, intervint un jeune homme mince en maillot bleu. Qui est Sylvie ? Nous exigeons une réponse. Alors, Yani, vous voici devenu voleur d'enfants ?

Sylvie rougit et se détourna. Musiciens et vacanciers semblaient énormément s'amuser. Certains dansaient, d'autres plongeaient dans les eaux étincelantes, un brouhaha continu de voix et de rires emplissait l'air et l'odeur appétissante de la viande grillée lui parvenait par bouffées. Mais la jeune fille avait envie de quitter cet endroit bruyant.

— Voulez-vous danser ?

La voix, jeune et manifestement anglaise, était sympathique. Sylvie cligna des yeux et observa le jeune homme qui venait de s'adresser à elle. Il ne faisait pas partie du groupe auquel Yani expliquait en riant les raisons de sa présence, il avait l'air gentil, amical, et elle accueillit cette diversion avec gratitude.

Quel plaisir d'évoluer au rythme endiablé de la musique ! Sylvie en oubliait son malaise devant les « amis » de Yani. En réalité, ils ne devaient pas être véritablement ses amis, elle en avait la conviction. Ce devaient être de vagues connaissances. Pour une raison ou une autre, il avait eu besoin de passer cette journée en leur compagnie, et il l'avait emmenée avec lui. Sylvie le regrettait. Elle avait envie d'être à Monastiros, en train de boire le thé avec Léon et de discuter des menus événements de la journée. La vie était si simple, là-bas... Du moins, elle l'avait été jusqu'à l'arrivée de Yani. A présent, lui semblait-il, la vie ne serait plus jamais aussi simple. Et le cœur serré, elle songea qu'il lui faudrait bientôt rentrer en Angleterre et ne plus revoir Yani.

Celui-ci, de loin, s'était tourné vers elle et il l'observait d'un air sombre. Lui en voulait-il d'avoir accepté de danser ? Mais lui-même était occupé ! Et son cavalier, Roger, n'essayait nullement de lui faire la cour. Toutefois, elle frissonna en le voyant se détacher du groupe. La jeune fille blonde le suivit. Yani s'arrêta à quelques mètres de Sylvie et de Roger et il enlaça sa cavalière, l'entraînant dans la danse. On pouvait difficilement parler de danse, d'ailleurs, c'était plutôt un prétexte pour se serrer l'un contre l'autre... Sylvie, les joues brûlantes, se détourna en voyant sa partenaire nouer les bras autour du cou de Yani et lui tendre effrontément ses lèvres.

— Si vous le permettez, j'aimerais bien m'arrêter.

Avec un sourire d'excuse, Sylvie s'éloigna hâtivement, trébuchant sur le sable. Elle ne pouvait plus supporter ce spectacle, elle se sentait la tête lourde... La chaleur, sans doute...

— Je vais aller vous chercher à boire. Vous êtes livide, s'inquiéta Roger. Vous êtes probablement déshydratée.

— Je veux bien un verre de jus de fruits, merci.

Elle l'attendit au bord de l'eau, les yeux rivés vers le large.

— Tenez... A présent, parlez-moi de vous.

— Je n'ai rien à raconter.

— Je ne vous crois pas. Qui est cet homme, avec lequel vous êtes arrivée ? Votre oncle ? Votre frère ?

— C'est mon... mon beau-frère.

— Ah je vois ! Je me disais aussi... Il est trop âgé pour être votre petit ami... Et la blonde ?

— Vous en savez autant que moi.

— Je vois ! s'exclama-t-il. Vous vous inquiétez des réactions de votre sœur si elle apprend les agissements de son mari !

— Comment ? Oh !... Ah oui ! Oui, c'est exactement cela. Je me fais beaucoup de souci.

— Je m'en doutais. Oh ! Il est avec une rousse à présent ! Eh bien ! Quel séducteur !

— Oui, n'est-ce pas ?...

Sylvie en avait assez de cette conversation absurde.

— ... Si vous voulez bien m'excuser, j'aimerais rentrer à présent.

— A l'hôtel ?

— Non, nous ne séjournons pas ici.

— Ah non ?

— Non, intervint une voix coupante. Venez, il est temps de partir. Il est près de six heures.

Sylvie fit volte-face, les yeux étincelants de rage.

— Etes-vous vraiment prêt ? Je ne voudrais surtout pas vous empêcher de vous amuser ! Je suis en très bonne compagnie !

Yani lui encercla le poignet d'une main de fer.

— Dites au revoir à votre ami. Tout de suite ! Je refuse de discuter !

Sylvie s'excusa d'un geste et se laissa entraîner jusqu'à la jetée. L'attitude autoritaire de Yani la mettait hors d'elle, elle se dégagea violemment une fois sur le bateau.

— Pourquoi m'avez-vous amenée ici ? lança-t-elle en massant son poignet douloureux. Et votre petite démonstration de force était-elle vraiment nécessaire ? Vous paraissiez follement vous amuser !...

Yani mit le moteur en marche sans lui répondre. Mais Sylvie n'allait pas se laisser décourager.

118

— Vous n'avez aucun droit de me traiter ainsi!
fulmina-t-elle. Roger a dû me prendre pour une sotte!
— Je m'excuse.
Prise de court, Sylvie sursauta.
— Vous vous excusez? balbutia-t-elle.
— Que dois-je ajouter?... Regardez donc le ciel. Il
est inquiétant. J'espère pouvoir arriver à Monastiros
avant le début de l'orage.
Toujours stupéfaite, elle lui obéit. Il avait raison.
Une pellicule de nuages sulfureux recouvrait progressi-
vement l'azur. Le ciel devenait sombre, menaçant.
— Va-t-il y avoir du tonnerre?
— Pourquoi? Cela vous effraie-t-il?
— Non... Mais les éclairs, oui.
— Il n'y aura peut-être rien. On voit parfois ce genre
de nuages sans qu'il tombe une seule goutte de pluie.
— Cela ne me rassure guère...
Elle se représentait un orage violent sans pluie.
— ... Nous n'aurions pas dû venir, maugréa-t-elle.
— Je suis d'accord avec vous sur ce point.
— Vraiment? Vous ne paraissiez pas vous ennuyer!
— Avec Celia, voulez-vous dire? Oui... C'est une...
comment dire... Une bonne camarade.
— Manifestement... Quel endroit étonnant!
Toutes... Toutes ces... femmes!
— Avez-vous été choquée?
— Pas du tout! protesta-t-elle... Vous devez avoir
l'habitude de fréquenter ce genre de personnes.
— Pourquoi pensez-vous cela? Les femmes grec-
ques ne se divertissent pas de la sorte.
— Non... Parce que vous le leur interdisez.
Les yeux de Yani s'assombrirent dangereusement.
— Avons-nous tort? Est-ce là le genre d'attitude
que vous aimeriez avoir?
— Je n'ai pas dit cela...

Sylvie ne savait plus comment se sortir de cette conversation dangereuse.

— Alors que dites-vous au juste ?

— Eh bien, leur tenue légère et leur attitude ne semblaient pas vous gêner ! se défendit-elle.

— Non, en effet. J'ai déjà vu des corps de femmes. Ce n'est pas une nouveauté.

— Celui d'Eléni aussi ? s'entendit-elle lui lancer sans pouvoir se retenir.

Elle se recroquevilla aussitôt, morte de honte.

— Vous feriez mieux de descendre dans la cabine, articula-t-il lentement. Vous y serez plus à l'abri. Il commence à pleuvoir. Je vais devoir me concentrer pour diriger le bateau.

Tremblant des pieds à la tête, Sylvie lui obéit. Elle ne redoutait pas l'orage. Il lui paraissait bien faible à côté de la colère contenue de Yani. Horriblement malheureuse, elle s'assit au bord de la banquette. Pourquoi tout avait-il si mal tourné ?

Plongée dans ses réflexions désespérées, elle perdit toute notion du temps. Soudain, entendant les moteurs ralentir, elle leva la tête et regarda par le hublot. Ils approchaient d'une côte. Incrédule, elle s'agenouilla sur la banquette, clignant des yeux pour mieux voir à travers la vitre ruisselante de pluie. Etaient-ils déjà arrivés ? Elle sauta à terre en entendant Yani l'appeler.

— Sylvie ? Tout va bien ?

Il apparut sur le seuil de la porte.

— Oui, oui, tout va bien. Que se passe-t-il ? Sommes-nous déjà à Monastiros ?

— Cela y ressemble-t-il ? Non, c'est une île déserte. J'ai essayé de lancer un appel radio, mais la communication est difficile à établir. C'est pourquoi j'ai préféré jeter l'ancre ici. Je vais tenter d'entrer en contact avec Monastiros... Nous ne voulons pas inquiéter Léon, n'est-ce pas ?

120

— Oh non !... Non, bien sûr !... M... Merci de m'avoir prévenue.

Yani hésita un instant, puis il fit un bref signe de tête et remonta. Bientôt, elle entendit les grésillements de la radio. Il avait dû réussir à établir la liaison. Il parlait en grec, par phrases courtes. Sans doute décrivait-il leur position et rassurait-il son interlocuteur.

Elle soupira. Quel après-midi désastreux après le succès de la journée de la veille ! Elle aurait préféré le contraire, songea-t-elle tristement. Yani aurait gardé une bonne opinion d'elle.

— J'ai réussi !...

Sylvie se tourna vers la porte où Yani venait de s'encadrer.

— ... J'ai joint le garde-côte de Monastiros. Il va transmettre le message à la villa.

— Oh ! Tant mieux ! murmura-t-elle faiblement. Vive la radio !

— Oui, en effet... Etes-vous sûre d'aller bien ? ajouta-t-il en s'approchant. Vous êtes... pâle... défaite... Sans doute en suis-je responsable.

— Non... Enfin... Je n'aurais pas dû parler comme je l'ai fait. C'était impertinent. Je... Je suis désolée.

Yani sourit amèrement.

— Vous aviez raison, je n'aurais pas dû vous amener avec moi. Je me suis montré égoïste.

— Egoïste ?

Il enfonça les poings dans les poches de son blue-jean.

— Oui. Je n'ai pas le droit d'abuser ainsi de vous.

— Abuser... ? Je ne comprends pas...

— Mais si. J'aurais dû vous laisser à la villa. Vous et moi... Notre relation n'est pas raisonnable.

— Yani...

— Yani, Yani ! Chaque fois que vous prononcez

mon nom, c'est une provocation. Oh Sylvie! Pourquoi
m'inspirez-vous un désir si fort?

Ses prunelles luisaient comme de la braise ardente.
En deux enjambées, il fut près d'elle. Avec une lenteur
délibérée, il posa ses deux mains sur sa taille et l'attira
contre lui. Et, tandis qu'elle ouvrait de grands yeux
apeurés, il inclina la tête vers elle et posa ses lèvres sur
les siennes.

Ce fut un baiser passionné, douloureux. Sylvie,
crispée, ne se détendait pas dans ses bras. Il releva
légèrement la tête, sans relâcher son étreinte et ébau-
cha un sourire sans joie.

— Peut-être avez-vous raison. Je ne veux pas vous
faire de mal, Sylvie, mais je crains de vous en faire
malgré tout.

— Co... Comment cela, me faire du mal?

Il glissa les mains sous son petit gilet et les posa sur la
peau douce de son dos.

— Comme ceci, murmura-t-il.

Et, lentement, il déboutonna le premier bouton du
gilet, exposant la naissance de sa gorge palpitante.

— Non... Il ne faut pas...

Mais ses lèvres chaudes, déjà, effleuraient une veine
bleutée au creux de son cou, et Sylvie frémit involontai-
rement sous la caresse persuasive. Je voudrais que cela
ne s'arrête jamais! songea-t-elle. Et lorsqu'il vint
réclamer ses lèvres, elle les lui offrit sans résistance.
Eperdue, inconsciente, elle écarta les bras pour se
serrer plus près encore, l'enlaçant.

— Oh Sylvie! chuchota-t-il en lui prenant les mains
et en les serrant contre lui, Sylvie! Vous rendez-vous
compte de ce que vous faites? Savez-vous ce qui va se
passer si vous continuez?

— Oui, oui, je le sais, haleta-t-elle, comme ivre. Oh
Yani! J'en ai tant envie!

— Moi aussi!

122

Une voix d'homme résonna au-dessus de leurs têtes. Aussitôt, Sylvie se raidit. Yani s'écarta en étouffant une exclamation, et, se lissant machinalement les cheveux, il se dirigea vers la porte.

— La radio, expliqua-t-il brièvement.

Sylvie s'affaissa sur la banquette...

Il revint cinq minutes plus tard, mais il sembla à Sylvie qu'il s'était écoulé des heures. Dans la pénombre de la cabine, elle était immobile, insensible à tout, en proie à un sentiment d'abattement. Les doigts tremblants, elle reboutonna son gilet, ramassa son ruban tombé à terre et le noua dans ses cheveux. Quand Yani revint, elle était debout, comme un fantôme, au milieu de la cabine, une expression anxieuse sur le visage.

— C'était Léon, annonça-t-il. Il était inquiet. Il croyait que nous étions partis en canot. Je l'ai rassuré. Il nous attend d'ici une heure environ.

— Ah...

Elle n'osait pas le regarder. Comment avait-elle pu se montrer si indigne, si... impudique ! Sans doute s'imaginait-il ne pas avoir été le premier... Et elle ne l'aurait pas arrêté, si cet appel radio ne les avait pas interrompus...

Yani sembla hésiter.

— Eléni est avec lui, annonça-t-il enfin. Léon lui a expliqué que nous avions dû être retardés par l'orage. Nous pouvons au moins nous féliciter de cela.

Vous le pouvez ! songea-t-elle, piquée au vif par l'aiguillon de la jalousie. La pensée de Yani embrassant Eléni comme il venait de l'embrasser lui était insupportable. Elle se détourna brusquement, croisant les bras et les serrant très fort contre elle.

— Sylvie !

La douceur de sa voix la surprit.

— Sylvie !

— Quoi ? chuchota-t-elle d'une voix étouffée.

— Dois-je vous demander pardon ? Je vous avais prévenue, je risquais de vous blesser, et je l'ai fait.

— Pas du tout !...

Tournant sur elle-même, elle lui fit face, sans se soucier de ses joues brûlantes, dans une attitude pleine de défi.

— ... Je regrette seulement cette interruption ! La situation commençait tout juste à devenir intéressante, n'est-ce pas ? Quel malheureux contretemps !

Yani fronça les sourcils. Pendant quelques instants, il examina le visage rebelle de Sylvie puis, sans mot dire, il fit demi-tour et sortit de la cabine.

Sylvie garda vaillamment sa pose tant qu'il fut en vue, puis elle se laissa tomber, épuisée, sur la banquette.

*
**

En allant chercher le canot au port, le matin, Yani avait laissé sa voiture près du quai. Ils la reprirent pour rentrer à la villa. La pluie avait cessé de tomber. Avec une rapidité propre aux orages d'été, les nuages se dissipaient, laissant apparaître un ciel scintillant d'étoiles.

Ils n'avaient plus prononcé une parole. Sylvie n'avait aucune envie de rompre le silence. Cela lui permettait de dissimuler sa peine et sa douleur sous un masque d'indifférence. Si Yani avait essayé de comprendre sa réaction, il se serait aperçu de la profondeur de la blessure qu'il lui avait infligée.

La villa était tout illuminée. Yani gara la voiture près des garages, à l'arrière de la maison. Deux silhouettes sombres apparurent au coin du bâtiment : celles de Léon et d'Eléni. Sylvie se raidit instinctivement pour affronter leurs questions.

— Tout va bien ? chuchota Yani avant de sortir de la voiture.

Sa gentillesse faillit avoir raison de Sylvie. L'espace d'une seconde, elle voulut se jeter dans ses bras, s'abandonner à sa merci. Mais déjà, Léon ouvrait la portière, avec un sourire radieux.

— Dieu merci, vous êtes de retour ! Nous étions si inquiets !

— Oh ! C'était inutile, nous ne risquions rien ! assura Sylvie d'une voix tremblante.

Pendant ce temps, Eléni avait fait le tour de la voiture en courant, s'arrêtant à peine pour saluer Sylvie au passage.

— Mon chéri !

Une fois de plus, la jeune fille dut subir le spectacle d'une autre tendant ses lèvres à Yani. Elle se détourna et partit vers la villa, accompagnée de Léon. Tante Ariane les attendait, assise sur la terrasse.

— Ah ! Vous voici, mon petit ! l'accueillit-elle chaleureusement. Léon était un charbon ardent depuis le début de l'orage.

— Vous voulez sans doute dire « sur des charbons ardents », ma tante, rectifia Léon, amusé. Asseyez-vous Sylvie, je vais vous chercher à boire. Vous devez être épuisée.

Elle accepta un siège mais contempla Léon avec une expression inquiète.

— Je vous en prie, ne vous fatiguez pas !

— N'ayez crainte.

Il se pencha vers elle et lui frôla la joue du bout des doigts. Yani, par malchance, choisit cet instant pour arriver à son tour, suivi d'Eléni.

— Quelle sollicitude, mon frère ! Aurais-tu été aussi inquiet si Eléni avait été avec moi au lieu de Sylvie ?

Si Léon fut troublé par le sarcasme de son frère, il n'en laissa rien paraître. Eléni, en revanche, haussa ses sourcils délicats et dévisagea Sylvie avec une surprise évidente.

— Mon souci pour Sylvie est bien naturel, répondit calmement Léon. Elle est sous ma responsabilité.

— Vraiment ?...

Sylvie ne comprenait pas l'attitude de Yani. Il semblait blâmer son frère de ce qui leur était arrivé.

— ... Je me demande ce que Margot en dirait ?

— Oh ! Je vous en prie !...

Sylvie s'était levée d'un bond, en proie à une vive agitation. Mais, sans se presser, tante Ariane l'avait imitée et s'interposa entre les deux frères.

— C'est assez, je crois, déclara-t-elle d'une voix calme aux intonations métalliques. Yani, tu dois te changer. Je n'ai pas l'intention de dîner avec un convive en *short* !...

Elle eut une grimace de dégoût pour prononcer ce mot.

— ... Quant à toi, Léon, laisse Sylvie aller se changer elle aussi. Elle a visiblement eu un après-midi éprouvant. Ne contribue pas à rendre sa soirée plus pénible.

— Bien ma tante.

Sans protester, mais le visage encore menaçant, Yani rentra dans la villa. Sylvie, effarée, ne savait que faire. Le regard d'Eléni, posé sur elle, avait perdu toute timidité : c'était celui d'une femme jalouse et prête à se défendre. Une fois de plus, heureusement, tante Ariane sauva la situation.

— Courez vite, petite, lui conseilla-t-elle gentiment. Nous vous attendrons pour dîner.

Tout en parlant, la vieille dame s'était rassise et avait pris son crochet, signifiant par là la fin de l'incident.

Arrivée dans sa chambre, Sylvie sentit ses jambes se dérober sous elle. Yani était-il devenu fou ? Pourquoi

— Hier soir? répéta-t-elle, cherchant à gagner du
temps. De quoi parlez-vous?

— De ce qu'il m'a dit. A propos... A propos de
votre relation. Je me sens responsable de vous, Sylvie,
et je vous aime beaucoup.

Elle se força à sourire.

— Je le sais.

— Et si je n'étais pas marié à Margot...

— Oh non, Léon! N'en dites pas plus! Je vais me
baigner...

Elle sauta au bas des marches.

— ... A tout à l'heure!

*
**

Une semaine plus tard, Sylvie était convaincue
qu'elle oublierait Yani. Elle y était obligée. Elle n'avait
pas d'autre solution. Mais sa démarche avait perdu
toute son élasticité, et son sourire n'exprimait plus cette
vitalité et ce goût de vivre qui la caractérisaient
auparavant. Elle trouvait plus difficile de se lever le
matin, plus difficile d'être enjouée toute la journée.
Elle ne tirait plus aucun plaisir de son séjour à
Monastiros et passait simplement le temps, en attendant le jour où elle repartirait pour l'Angleterre.

Léon et elle en avaient discuté, le lendemain du
départ de Yani. Quelle que soit la situation, elle ne
pouvait pas rester éternellement, avait-elle expliqué à
Léon.

— Je ne sais pas comment Margot vous a présenté
les choses, avait-elle commencé, gênée, mais je dois
être de retour avant la rentrée d'automne. J'aurai
besoin de quelques jours pour me préparer et acheter
mes affaires pour l'université.

— Je le sais, avait répondu Léon avec sa compréhen-
sion coutumière. Yani m'avait prévenu. Il a déjà trouvé

avait-il provoqué cette scène sur la terrasse, au risque
d'affecter la santé fragile de son frère? Et Eléni...
Qu'avait-elle dû penser? Les humiliations endurées par
Sylvie ne connaîtraient-elles donc jamais de fin?

10

Sylvie fut réveillée par le bruit de l'hélicoptère. Il paraissait planer juste au-dessus de sa tête. Les yeux encore embués de sommeil, elle s'assit pour regarder l'heure à sa montre.

Lorsqu'elle s'était enfin endormie, l'aube pointait déjà à l'horizon. Mais il ne devait pas être très tard, à présent. La chambre était encore fraîche. Sa vision trouble mit un instant à s'éclaircir. Comme elle s'en doutait, il était à peine huit heures.

Repoussant le drap, elle traversa la pièce sans prendre la peine de se chausser. Le vrombissement de l'appareil s'éloignait. Il devait aller dans une des îles avoisinantes.

Toutefois, elle était maintenant bien éveillée et n'avait pas envie de se remettre au lit. Après un instant de réflexion, elle ôta sa chemise de nuit et enfila son maillot de bain. Pieds nus, elle sortit de la villa.

A son grand étonnement, elle trouva la table du petit déjeuner déjà à demi desservie. Deux personnes avaient mangé. Perplexe, elle saisit la cafetière et la reposa aussitôt, le cœur battant : quelqu'un arrivait. Que faire s'il s'agissait de Yani ? Heureusement, c'était Léon. Il s'avança vers elle, avec son sourire coutumier.

— *Kalimera !* la salua-t-il gentiment.

Elle lui rendit son bonjour en désignant du g[...] table.

— Quelqu'un nous a devancés, s'exclama-t-e[...] ne peut pas être Nikos, même s'il avait hâte d[...] voir après l'incident d'hier ?

— C'était Yani. Il a demandé un hélicoptè[...] téléphone avant de se coucher hier soir. Eléni sont partis il y a une demi-heure.

— Partis ?

Léon ne parut pas entendre la nuance de cons[...] tion dans sa voix.

— Malheureusement, oui. Yani a pris cette dé[...] brusquement. C'est navrant pour Eléni, bien sûr, elle ne voulait pas rester ici sans lui. Et après tout, valait peut-être mieux.

Sylvie se détourna légèrement, luttant pour dissimuler sa tristesse. Yani était parti ! Sans rien dire ! Parti !... Il ne reviendrait pas, elle le savait.

— Quelque chose ne va pas ?

Léon lui parlait, elle devait faire un effort, il fallait qu'elle lui réponde...

— Je... Non, pourquoi ? Je regardais cet oiseau. Il est vraiment énorme !

— On dirait un pélican, déclara Léon d'un air indifférent... Voudriez-vous appeler Irène, s'il vous plaît ? Elle aurait déjà dû débarrasser la table.

— Mais oui, certainement...

Sylvie sonna puis se dirigea vers le bout d[...] terrasse.

— Je... Si vous voulez bien m'excuser, j'allais [...] ment me baigner. Cela ne vous ennuie pas ? C[...] C'est mon moment favori de la journée.

Léon parut hésiter.

— Hier soir... Les paroles de Yani... Cela ne [...] pas blessée, j'espère ?

Sylvie se raidit.

une jeune fille pour vous remplacer lorsque vous partirez.

Bien entendu! avait-elle songé amèrement. Yani pensait toujours à tout!

Les nuits étaient pires encore. Quand chacun s'était retiré dans sa chambre, Sylvie avait du mal à trouver le repos. Elle n'arrivait pas à se détendre, ses muscles contractés refusaient de se dénouer. Rien n'y faisait.

Et les heures silencieuses de la nuit prenaient des allures de cauchemar. Elle les attendait et les redoutait, comme un enfant effrayé par le noir. Elle consultait cent fois sa montre, incrédule, désespérée... L'aube n'arriverait-elle donc jamais?

Une chose au moins la consolait dans son malheur. Ses kilos superflus avaient fondu comme neige au soleil. Avec quelle facilité maigrissait-on lorsqu'on ne mangeait ou ne dormait pas bien! Avec un humour teinté d'amertume, elle se demandait si elle n'écrirait pas à un magazine féminin pour suggérer l'insomnie comme régime idéal.

Léon, elle s'en apercevait, se faisait du souci pour elle. Elle aurait voulu le rassurer mais en était incapable. Par ailleurs, lui-même allait mieux de jour en jour. Le médecin, venu d'Athènes pour vérifier les progrès de sa convalescence avait été très satisfait. Léon serait bientôt guéri, avait-il assuré. Ce matin-là, le jour où l'hélicoptère avait tourné au-dessus de l'île avant de se poser, Sylvie avait attendu, le cœur battant, espérant voir Yani arriver à la villa. Mais seul le docteur Maxwell était sorti de l'appareil. Avec une ardeur désespérée, Sylvie avait construit des châteaux sur le sable, toute la journée.

Elle avait écrit à sa mère et à Margot mais n'avait pas encore reçu de réponse. Le courrier était irrégulier à Monastiros, la jeune fille ne s'inquiétait donc pas. Elle avait hâte de rentrer chez elle et de tout oublier, mais, curieusement, l'idée de commencer ses études lui semblait tout à fait lointaine et elle évitait généralement d'y penser.

C'était étrange, se disait-elle, mais lorsqu'elle était arrivée en Grèce, la perspective d'abandonner ses projets lui aurait semblée absurde. Et à présent, un avenir académique lui apparaissait comme morne et sans intérêt. Les diplômes étaient bien moins importants que les gens. Elle avait l'intelligence, et Margot la beauté, prétendait toujours sa mère. On avait toujours prédit un beau mariage à Margot, et elle l'avait eu. Sylvie, elle n'y aurait jamais songé. Elle se croyait incapable de passion. Ses relations avec Brian ou avec d'autres camarades le lui avaient confirmé. Et la découverte de sa faiblesse, de sa vulnérabilité, la terrifiait. Elle ne voulait pas. Elle ne voulait pas penser à Yani, se demander où il était, ce qu'il faisait, elle ne voulait pas passer le restant de ses jours à regretter. Yani était un homme, il était trop âgé pour elle, et de toute façon, il était déjà lié à une autre. D'ailleurs, il l'avait lui-même reconnu, il pourrait seulement lui faire du mal.

Mais pour une fois, elle avait beau lutter de toutes ses forces, cela ne changeait rien. Sylvie essayait de fermer les yeux, de se boucher les oreilles, mais la vérité retentissait dans son esprit : elle était amoureuse de Yani. Elle aimait de tout son être un homme pour lequel elle avait été tout au plus un divertissement amusant. Et même si elle refusait de se l'avouer, ce n'en était pas moins vrai.

C'était la raison pour laquelle elle avait décidé de tout faire pour l'oublier. Cela prendrait du temps, des années, peut-être, mais tôt ou tard, elle y parviendrait. Ou en tout cas, même si elle échouait, elle arriverait à penser à lui sans plus ressentir cette impression de vide désespérant et noir. On ne mourait pas d'amour, s'affirmait-elle sévèrement... On s'étiolait seulement un peu.

Néanmoins, sa santé se détériorait et au bout d'une semaine, Léon aborda gentiment le sujet. Peut-être devrait-elle rentrer chez elle ?

— Je ne sais trop comment commencer, Sylvie...

Ils prenaient le café après le dîner. Nikos était allé se coucher et Ariane s'était retirée sur son balcon, les laissant seuls. Léon couvrit la main de Sylvie avec affection.

— ... Je veux vous dire combien j'apprécie votre gentillesse. Vous nous avez consacré beaucoup de temps et... Non ! s'interrompit-il en la voyant sur le point de protester. Je sais ce que vous allez dire, c'étaient vos vacances, cela vous a fait plaisir... Néanmoins, vous êtes venue lorsque j'étais au plus mal, et vous m'avez aidé à reprendre goût à la vie.

— Sincèrement, Léon, je n'ai rien fait, affirma-t-elle.

— Au contraire ! Non seulement pour moi mais pour Nikos également. Vous lui avez montré qu'il pouvait être heureux même sans sa mère... Et vous me l'avez prouvé à moi aussi, ajouta-t-il au bout d'un instant.

— Oh Léon !...

— Non, Sylvie, écoutez-moi. Lorsque... Lorsque Yani m'a accusé d'exagérer ma responsabilité envers vous, je l'ai nié...

— Léon !

— Mais ce n'était pas tout à fait vrai.

— Je vous en prie...

— Laissez-moi terminer... Sylvie, ces derniers jours m'ont convaincu de vous parler. Je vous ai observée, je me suis inquiété, je vous ai vue vous anémier de jour en jour, sous mes yeux, et j'ai décidé d'être sincère avec vous. Je me suis mis à vous aimer, Sylvie, à vous aimer profondément. Et si les circonstances étaient différentes, je serais fier de vous demander d'être ma femme.

— Oh Léon !...

Sylvie était consternée ; elle ne s'y était pas attendue.

— ... Je vous en prie, vous ne comprenez pas...

— Quoi donc ?...

Perplexe, il la regarda retirer sa main de dessous la sienne et se lever d'un bond.

— ... Vous ne pouvez pas me mentir, Sylvie. Nous avons vécu sous le même toit pendant six semaines et je vous ai vue vous transformer. D'une enfant vive et joyeuse, vous êtes devenue une femme réfléchie et triste. Il y a une seule explication à cela... Moi. Pourriez-vous en toute sincérité m'affirmer que vous ne m'aimez pas ?

— Mais non, bien sûr !...

Elle se tourna vers lui, se tordant les mains, le cœur déchiré.

— ... Je... Je vous aime, sans aucun doute...

— Je le savais !

— Mais comme un frère ! Uniquement comme un frère !

Léon se rembrunit.

— Vous dites cela par loyauté envers Margot...

— Non ! Léon, j'ai beaucoup d'affection pour vous, sincèrement. Vous êtes un des hommes les plus charmants que j'aie jamais rencontrés. Mais je ne vous aime pas... Pas de cette façon-là. Je suis désolée.

Léon la dévisagea, perplexe. La jeune fille lui tourna le dos, à bout d'arguments, désespérée. Elle aurait voulu partir, se cacher. Très vite, maintenant, il allait se douter de la véritable raison de son changement. Et elle ne supporterait pas sa compassion.

— Alors vous devez avoir le mal du pays, prononça-t-il d'une voix lente et neutre.

— Oui, acquiesça-t-elle vivement, oui, c'est vrai.

Je... Enfin, peut-être ferais-je mieux de retourner chez moi.

— Chez vous ?... Toute... Toute cette peine, cette tristesse dans vos yeux... Ce serait simplement de la nostalgie ? Vous voulez me faire croire cela, Sylvie ?

— Est-ce si... incroyable ? soupira-t-elle.

— Oui ! lança-t-il avec une véhémence inattendue. Sylvie, regardez-moi. Regardez-moi ! Si je ne suis pas le responsable de ces cernes et de ces joues creuses, il doit y avoir quelqu'un d'autre, n'est-ce pas ?

— Léon...

Il se leva et repoussa sa chaise, le visage crispé, déterminé.

— J'aurais dû m'en apercevoir, j'aurais dû m'en douter ! gronda-t-il sauvagement. Malheureusement, ma maladie a affaibli mes sens. Comment ai-je pu être aussi aveugle, aussi insensible ? Quelle absurdité, vraiment, quelle arrogance ! Moi, produire un tel effet sur vous !

— Assez, je vous en prie, arrêtez de vous...

— C'est Yani, n'est-ce pas ? Que vous a-t-il fait ? S'il vous a blessée, je le tuerai !

Sylvie eut un rire proche de l'hystérie.

— Voyons c'est ridicule ! Comment Yani aurait-il pu me faire du mal ? Vous êtes absurde !

— Non, je n'ai pas été absurde mais prétentieux... M'imaginer, moi, à l'origine de votre détresse !... Je comprends à présent pourquoi mon frère était si furieux lorsqu'il nous trouvait ensemble ! Yani est très jaloux de ses possessions...

— Léon ! Je ne lui appartiens pas !

— Ah non ?... Vous le connaissez mal !

— Il est votre frère, c'est tout.

— Il ne vous a pas... touchée ?

— Pas de cette façon, non, murmura-t-elle en baissant la tête.

— De quelle façon parlez-vous ?

— Il... Je... balbutia Sylvie. Je vous en prie, ne m'interrogez plus ! C'est... C'est terminé. C'est fini.

Léon serra les lèvres.

— Je me ferai un plaisir de lui dire ce que je pense de sa conduite...

— Oh non ! Non ! Surtout pas ! Léon, vous ne devez pas ! Je vous en supplie, ne parlez pas de cela à Yani !

— Il doit être informé des conséquences de ses actes.

— Léon, si vous... si vous éprouvez une quelconque affection pour moi, promettez-moi de ne jamais parler de cela à âme qui vive ! plaida-t-elle.

— Vous me demandez l'impossible, Sylvie.

— Non. Cette affaire me concerne, moi... Quand... Quand puis-je partir ?

— Quand vous le voudrez, mon petit.

— Merci. Je partirai après-demain, lundi...

Impulsivement, elle s'approcha de lui et l'embrassa.

— ... Margot est une sotte ! murmura-t-elle avant de retourner en courant dans la villa.

**
*

Le bruit de l'hélicoptère la réveilla à nouveau le lendemain matin. Léon l'avait-il trahie ? Avait-il appelé son frère ?

La gorge nouée d'appréhension, Sylvie s'habilla rapidement et sortit sur la terrasse. Apercevant Irène, elle lui demanda par gestes qui arrivait.

— Pas savoir, Miss, répondit l'employée en écartant les mains. Peut-être docteur ? Vous voulez *Kafes* ?

— Oh oui, volontiers, merci, Irène.

Perplexe, elle s'assit. Le médecin ? Mais il était venu voici à peine trois jours ?

— Seigneur ! Quel climat ! Comment ai-je pu le supporter ?

Sylvie sursauta en entendant cette voix traînante et plaintive. Elle fit volte-face, bouche bée. Une femme arrivait, en élégant costume de voyage, une valise à la main.

— Margot !

Sa sœur fronça les sourcils, irritée par son apparente stupéfaction.

— Ne pouviez-vous pas envoyer une voiture me chercher ? Je me serais volontiers passée de faire quinze kilomètres à pied depuis le terrain d'aviation !

— Margot ! C'est à peine à six cents mètres et de toute façon, tu ne nous as pas prévenus de ton arrivée ! Je pensais qu'il s'agissait du docteur.

— Du docteur ? Et pourquoi ? Léon n'est pas retombé malade, j'espère ! J ne le supporterais pas !... Enfin ! Je suis arrivée, c'est l'essentiel !

— Tu... Tu as l'intention de rester ?

Margot se laissa tomber sur une chaise, le visage maussade.

— Malheureusement, oui. Je ne joue plus, ma chérie. N'est-ce pas affreux ? Et maman ne veut plus m'aider financièrement.

— Tu... Tu ne joues plus ? Je ne comprends pas ! La pièce a été annulée ?

— Non ma chérie, je ne joue plus. Ne comprends-tu donc plus l'anglais ? Je suis renvoyée ! Jetée dehors ! Ma carrière est terminée. Alors je ferais aussi bien de me réhabituer à cet endroit... Mais dis-moi, tu as bien changé ! Tu as maigri, tu sembles plus mûre... Qui est-ce ? Quelque pêcheur grec musclé et sans cervelle ?

— C'est Yani...

Avec un gémissement douloureux, Sylvie se tourna vers Léon. Celui-ci était arrivé sans bruit.

— Je suis navré, mon petit, s'excusa-t-il. Mais Margot ne trahira pas notre secret... En réalité, tu voulais Yani, n'est-ce pas, Margot, reprit-il d'une voix dure et accusatrice. Mais il était trop fin pour se laisser prendre à tes pièges et, il faut bien le dire, lui ne t'aurait jamais laissée le tourner en ridicule, comme tu l'as fait avec moi !

11

— Sylvie, je suis navré de vous dire cela mais... eh bien, vous nous avez déçus. Vos résultats jusqu'à présent ont été déplorables, et vous avez pris, paraît-il, l'habitude de vous absenter des cours, en tout cas mentalement. Nous n'attendions pas cela de vous, pas avec vos brillants antécédents scolaires.

— Je suis désolée.

Sylvie se redressa légèrement sur sa chaise et fixa candidement son professeur, sans rien révéler de ses sentiments intérieurs.

— N'avez-vous rien d'autre à ajouter ? demanda patiemment le professeur Hutchins. Pas d'excuses, pas d'explications à me fournir ?

La jeune fille secoua la tête.

— Mais vous en avez certainement ! Est-ce un problème personnel ? Avez-vous des difficultés familiales ? Des soucis d'argent ?

— Je n'ai pas de problèmes, monsieur. Peut-être devriez-vous me renvoyer ?

— Vous renvoyer ? Est-ce là votre désir ?

Le vieux monsieur était stupéfait. Qu'arrivait-il à cette étrange étudiante ?

— Je ne sais pas.

— Sylvie ! s'impatienta-t-il. Il y a certainement une

raison à votre comportement! Le directeur de votre collège vous a chaleureusement recommandée, vous avez obtenu votre baccalauréat avec mention... Il s'est passé quelque chose, n'est-ce pas? Et cela n'a rien à voir avec le lycée ou l'université. Mais quoi donc?

— Puis-je partir à présent?

Elle se leva et attendit, debout, près de sa chaise. Toute frêle dans son blue-jean et son sweat-shirt, elle ressemblait à une étudiante typique... Mais obstinément renfermée. Le professeur soupira et rassembla ses papiers.

— Bien, nous allons en rester là pour aujourd'hui. Nous reprendrons cette conversation après Noël. En attendant, passez de bonnes vacances, reposez-vous bien, et revenez-nous dans un état d'esprit différent.

Sylvie sourit, mais son sourire disparut aussitôt la porte franchie. Elle avait essayé, se dit-elle, les yeux brûlants de larmes contenues. Malgré tous ses efforts, elle ne parvenait pas à se concentrer. Après plus de quatre mois, Yani occupait encore toutes ses pensées et l'idée de poursuivre ses études lui paraissait grotesque. Elle ne se sentait plus une écolière à présent, mais femme, et l'accomplissement de ses désirs ne passait pas par une salle de classe...

Ni par ailleurs, en fait. Elle n'avait plus revu Yani ni entendu parler de lui depuis son départ de Monastiros. Peut-être s'était-il marié avec Eléni entre-temps. Margot ne parlait jamais de lui dans ses lettres, et Sylvie pouvait difficilement lui demander de ses nouvelles. Léon et Margot avaient surmonté leurs problèmes, Nikos avait retrouvé un foyer équilibré, et la vie avait repris comme par le passé, avec des lettres occasionnelles...

En arrivant à la cité universitaire, Sylvie trouva deux lettres pour elle dans son casier. Elle les prit avec indifférence, ayant reconnu l'écriture de sa mère sur la première. Le nom indiqué sur la seconde était pratiquement illisible. Tout à coup, son cœur se mit à battre de façon désordonnée. Le timbre était grec, ainsi que le tampon... Athènes! *Athènes!* La jeune fille déchira l'enveloppe.

Ce n'était pas une longue missive, à peine une dizaine de lignes, mais elle était signée de Yani. La bouche sèche, elle la parcourut, puis la relut plus lentement, incertaine d'avoir compris.

Apparemment, il venait à Londres pour une conférence et se demandait si elle accepterait de dîner avec lui le vendredi soir. Il serait à l'hôtel Savoy, elle pourrait laisser un message pour lui à la réception.

Tremblante, Sylvie monta à sa chambre et, une fois arrivée, s'adossa à la porte, sans force. Elle ne devait sous aucun prétexte se faire d'illusions, s'ordonna-t-elle intérieurement. C'était une lettre amicale et rien de plus. Il lui proposait simplement de passer un moment en sa compagnie. D'ailleurs, Eléni serait peut-être avec lui.

Le souvenir d'Eléni la dégrisa. Même s'il était seul à Londres, il était peut-être marié. Elle ne devait surtout pas se rendre ridicule en voyant dans cette note autre chose qu'une simple invitation de courtoisie.

On était mercredi. Cela lui laissait deux jours... Quarante-huit heures! Comment supporterait-elle d'attendre si longtemps? Après toutes ces semaines, tous ces mois, cela lui paraissait interminable...

Sylvie se redressa et lut encore une fois le mot. Elle prendrait le train vendredi après-midi. Ses cours s'arrêtaient à midi, ensuite, elle serait en vacances, libre pendant deux semaines. Yani le savait-il?...

Allons! Elle ne retrouverait jamais son calme avec des idées pareilles! Saisissant son manteau, elle ressortit du bâtiment pour aller dans une cabine. Elle aurait pu appeler du téléphone public installé au rez-de-chaussée, mais tout le monde pouvait entendre. Elle avait besoin de discrétion pour appeler Yani. Elle emportait une pleine poignée de monnaie pour l'appareil.

Mais Yani n'était pas à l'hôtel.

— Etes-vous Miss Scott ? s'enquit la réceptionniste. Miss Sylvie Scott ? M. Petronidès a laissé un message pour vous, Miss. Si cela vous convient, il vous retrouvera dans nos salons à dix-neuf heures, vendredi prochain.

— C'est entendu, dix-neuf heures, accepta Sylvie d'une voix un peu faible.

Et elle raccrocha.

Sur le chemin du retour, elle rencontra un camarade, Martin Elliot. Comme elle, il étudiait l'histoire et la littérature anglaise. Il la salua avec un grand sourire et ils poursuivirent leur route ensemble.

— Tu as l'air... troublée, remarqua-t-il au grand embarras de Sylvie. Que se passe-t-il ? Le professeur Hutchins t'a-t-il fait des reproches ?

Les coins de la bouche de Sylvie se retroussèrent légèrement.

— Eh bien oui, en fait.

— Cela n'a pas l'air de beaucoup t'inquiéter !

— Si mais... Oh, Martin ! Je ne suis pas faite pour les études.

— Que veux-tu dire ? Tu préférerais te marier ? Trouver un travail ? Quoi donc ?

La jeune fille baissa la tête.

— Oui, j'aimerais mieux me marier, avoua-t-elle.

— Il y a un homme derrière tout cela !

— Comment le sais-tu ?

— Oh ! A cause de ton attitude en général. Et de plus, une fille comme toi ne doit pas manquer d'admirateurs !

— Merci ! répondit-elle en riant.

— Allons donc! Tu t'en doutes bien! Je t'ai observée avec nos amis. Il y avait certainement une raison pour expliquer ton indifférence.

— Vraiment?...

Sylvie rit à nouveau, d'un rire pétillant et joyeux.

— ... Allons, nous voici arrivés!

Elle leva les yeux vers le grand bâtiment couvert de lierre, enfonçant les mains dans les poches de son manteau. La soirée était froide, mais Sylvie ne s'en apercevait pas. Une joie insensée lui réchauffait le cœur.

*
**

Elle arriva au *Savoy* à sept heures moins cinq, après être restée une demi-heure dans les toilettes de la gare pour passer sa tenue en revue. A l'université, elle portait généralement des blue-jeans et des pull-overs, une jupe de temps en temps pour changer. Elle possédait très peu de robes et de tenues élégantes. Ses amies l'avaient trouvée superbe, mais elle-même était indécise.

Elle portait une robe tout simple, unie, de couleur fauve. Mais si l'étoffe n'attirait pas l'attention, la coupe, elle, était audacieuse. Margot avait acheté cette robe et ne l'avait jamais mise. Sylvie l'avait emportée à l'université, pour des sorties éventuelles. Elle l'étrennait ce soir. Le corsage croisé, profondément échancré, la désolait : autrefois, il était très ajusté sur elle, mais à présent, il était trop large, soulignant son extrême minceur et ses épaules trop frêles.

Serrant sa veste de fourrure, la jeune fille entra dans le salon illuminé du *Savoy*. Il y avait beaucoup de monde à cette heure-ci. Des hommes et des femmes en tenue de soirée accueillaient des amis, attendaient des taxis ou bavardaient paisiblement, installés dans de profonds fauteuils. Sylvie, intimidée, ne savait que faire. Le portier, lui sembla-t-il, la toisait d'un regard soupçonneux. Même avec ses cheveux relevés en chignon, elle n'était visiblement pas à sa place dans un endroit aussi luxueux. Un instant, elle eut envie de s'enfuir.

— Bonsoir.

Sylvie sursauta et se retourna vers l'homme avec lequel elle avait rendez-vous. Mais c'était un Yani comme elle ne l'avait jamais vu auparavant, en costume de velours noir et chemise blanche à plastron.

— Yani ! Je... Je suis très heureuse de vous revoir. Je vous remercie de v... votre lettre.

Il la contempla longuement, mais ne sourit pas. Il avait le visage plus mince que dans son souvenir, mais il était toujours aussi troublant. Indécise, elle se tut. Comment avait-elle pu imaginer quoi que ce soit ? Il voulait simplement dîner avec elle !

— Vous avez maigri, fit-il enfin.

C'était presque une accusation. Un sourire trembla sur les lèvres de la jeune fille et disparut aussitôt.

— Oui, murmura-t-elle... Vous aussi.

Yani jeta un coup d'œil impatienté autour de lui, comme s'il trouvait agaçante la présence de tant de monde.

— Où voulez-vous manger ? questionna-t-il d'un ton brusque. Je connais plusieurs restaurants à Londres et celui de l'hôtel est excellent... Ou bien nous pourrions manger dans ma suite.

Sylvie frémit.

— Oh oui ! oui, s'il vous plaît ! Dans votre suite... Je... C'est-à-dire... Je ne suis pas sûre d'être convenablement habillée pour aller dans un grand restaurant.

Yani sourit.

— Vous me semblez très bien ainsi, mais si vous le préférez vraiment...

— Oui, je vous assure... Merci.

— Ne me remerciez pas, lui intima-t-il d'un ton sec.

Regrettait-il déjà de l'avoir invitée ? Avait-il gardé d'elle un souvenir différent ? Etait-il déçu ? Pourquoi était-elle venue ? Quelle terrible erreur !

— Par ici.

Saisissant son bras, il la guida vers les ascenseurs d'une main ferme. Sylvie hésita.

— Etes-vous... Etes-vous sûr de vouloir... Enfin... Si vous préférez simplement boire un verre quelque part... C'est-à-dire...

— Vous ne voulez pas dîner avec moi ?

Elle sentit ses genoux se dérober sous elle.

— ... Oui, mais...

Sans un mot de plus, il se remit à marcher, l'entraînant avec lui, le visage fermé, impassible. Il pressa sur le bouton de son étage sans laisser à quiconque le temps de monter avec eux.

Levant les yeux vers lui, Sylvie se souvint du premier jour, le jour où il l'avait emmenée dans son appartement. Ils avaient pris l'ascenseur et, si elle n'était pas aussi nerveuse à l'époque, elle n'en avait pas moins été troublée par son pouvoir de séduction.

— Comment allez-vous ? demanda-t-il tout à coup. Vous êtes à Oxford, n'est-ce pas ? Le premier trimestre doit bientôt se terminer. Etes-vous contente ?

Sylvie cherchait encore une réponse peu compromettante lorsque la cabine s'arrêta. Yani s'effaça pour la laisser passer. Elle sortit et l'attendit, rongée par l'anxiété.

Ils longèrent un couloir interminable, sembla-t-il à la jeune fille. Enfin, Yani s'arrêta devant une porte et l'ouvrit. Timidement, Sylvie entra. C'était un salon magnifique. Un tapis d'Orient rose aux motifs bleu pâle et or recouvrait entièrement le sol. Des panneaux de bois montaient à mi-hauteur des murs, les hautes fenêtres étaient dissimulées par de lourdes tentures. De grandes gerbes de fleurs et un éclairage discret apportaient une note de chaleur et d'intimité à la pièce. Deux portes devaient donner l'une sur la chambre et l'autre sur la salle de bains.

Très étonnée, Sylvie aperçut une bouteille de champagne dans un seau de glace. Yani remarqua sa surprise.

— J'espérais que vous choisiriez de dîner ici, expliqua-t-il d'une voix neutre. Voulez-vous manger tout de suite ou dans un moment ?

Sylvie déboutonna sa veste. Elle se sentait incapable d'avaler une bouchée pour l'instant.

— Oh ! Je ne suis pas pressée !

— Bien. Un peu de champagne ?

D'une main experte, il fit sauter le bouchon et versa le champagne pétillant dans une coupe de cristal.

Prise de court, la jeune fille hésita entre ôter sa veste et prendre le verre. Yani reposa le verre. Courtoisement, il l'aida à retirer sa fourrure. Son expression demeura indéchiffrable lorsqu'il vit les frêles épaules de Sylvie. Après avoir rangé le vêtement, il lui tendit à nouveau la coupe et se versa à boire.

— Aux études ! déclara-t-il en levant sa coupe.

Sylvie but, sans un mot.

— Bien...

Impitoyable, il posa un doigt accusateur sur son épaule.

— ... Est-ce le résultat de quelque régime stupide ? Qu'avez-vous donc toutes à vouloir maigrir ?

— Je... Je n'ai pas suivi de régime, balbutia-t-elle d'une voix mal assurée. Je n'ai rien fait... Je... J'ai minci, voilà tout.

— Pourquoi ?

— Pourquoi ? répéta Sylvie.

146

— Oui, pourquoi ? On ne vous nourrit donc pas, à l'université ?

— Oh ! Mais si, bien sûr ! Les repas sont vraiment excellents, je...

— Alors pourquoi êtes-vous si menue ? Etes-vous malade ?

— Non !...

Elle n'avait pas du tout imaginé leur conversation ainsi. Cet interrogatoire n'était guère encourageant.

— ... Les gens... perdent du poids parfois, vous savez. Je suis désolée si j'ai piteuse allure...

— Je n'ai pas dit cela, coupa-t-il en posant son verre sans douceur. Je... m'inquiétais de vous, tout simplement. N'y pensez plus.

Sylvie reposa sa coupe elle aussi. Elle était affreusement mal à l'aise. Yani, muet à présent, avait déboutonné sa veste et se passait la main sur la nuque.

— Comment va Léon ? s'enquit Sylvie pour rompre le silence ? Et... Et Nikos ? Se souvient-il encore de moi ?

— Qui cela ? Léon ou Nikos ?

Ainsi, il ne lui avait toujours pas pardonné son amitié avec Léon !

— Nikos, bien entendu. Je... Margot nous a écrit récemment pour nous annoncer leur retour à Alasyia et je me demandais si Nikos était heureux d'être chez lui.

— Nikos va bien. Et Léon, comme Margot a dû vous le dire, va bientôt reprendre le travail. L'opération a parfaitement réussi.

— J'en suis très heureuse ! Léon est un homme charmant !

— Et moi, non ?

Sylvie soupira.

— Vous parlez à ma place ! voulut-elle plaisanter.

Mais Yani refusa de la suivre sur ce terrain. Le visage tendu, il la fixa intensément.

147

— Vous êtes partie sans m'en avertir, lança-t-il subitement. Pourquoi ?

— Pourquoi ?... Mais vous êtes parti avant moi ! Et vous ne m'avez rien dit non plus !

— C'était différent. Vous deviez savoir que je reviendrais.

Elle avait du mal à parler.

— Je... Je n'en savais rien du tout. Comment l'aurais-je pu ? Le soir d'avant votre départ, vous ne m'avez même pas adressé la parole !

— Eléni était avec moi, déclara-t-il, comme si c'était une explication suffisante.

Sylvie fronça les sourcils, scandalisée d'une telle arrogance.

— Oui ! En effet ! acquiesça-t-elle d'une voix tremblante. Peut-être feriez-vous bien de vous en souvenir !

— Ah oui ?

— Oui ! Vous deviez l'épouser, rappelez-vous ! Peut-être même êtes-vous marié à l'heure qu'il est. Je n'en sais rien. Margot ne parle jamais de vous dans ses lettres.

— Je ne le suis pas... Pas encore... Cela signifierait-il quelque chose pour vous si je l'étais ?

— Je... Enfin, je... Oui, bien sûr... C'est-à-dire, je vous aurais félicité...

— Vraiment ?

Yani fit un pas vers elle. Une peur subite s'empara de Sylvie. Du bout des doigts, il frôla son cou et son épaule.

Lorsqu'il retira sa main, il ne s'écarta pas et resta là où il était. Le cœur de Sylvie battait de façon désordonnée. Sa poitrine, en se soulevant, effleurait presque la veste de Yani.

— Parlez-moi d'Oxford, ordonna-t-il, changeant brusquement de sujet de conversation. Etes-vous contente ?

Sylvie en aurait crié. Elle serra les poings pour s'empêcher de le toucher. Comme elle aurait voulu se blottir dans ses bras ! Mais au lieu de cela, elle était obligée de lui répondre, de paraître calme et posée.

— J'ai... J'aime beaucoup Oxford. Les gens sont gentils et... Et je me suis fait des amis.

— Des hommes ?

— Oh ! Des hommes et des femmes, personne en particulier. Ce sont juste des camarades.

— Et vous êtes heureuse ?

— Est-ce important ? soupira-t-elle d'un air las.

— Oui. Très important.

Sylvie secoua la tête, abattue. Elle ne pouvait continuer à mentir plus longtemps. Impulsivement, elle s'écria :

— Oh Yani !... Je suis si malheureuse ! Je voudrais être morte !

— *Sylvie !...*

Lui saisissant le menton, il l'obligea à relever la tête. Elle battit des paupières, incapable de soutenir l'intensité de son regard.

— ... Que me dites-vous là ? Etes-vous malheureuse à cause de moi ?

— *Non !...*

Avec un petit gémissement, elle abandonna tout effort pour garder un masque. Presque convulsivement, elle lui noua les bras autour du cou et se serra contre lui sans retenue.

— Oh Yani ! Vous m'avez tant manqué !

Il l'empêcha de poursuivre en s'emparant de ses lèvres.

Des mois s'étaient écoulés depuis leur dernier baiser, des mois depuis cet après-midi sur le yacht quand il avait bien failli prendre son innocence, et leur étreinte disait leur faim, leur ardent désir l'un de l'autre. D'une main, il emprisonnait sa nuque comme s'il ne la laisserait jamais plus s'en aller et de l'autre, il caressait son dos, ployant son corps si doux contre le sien, la serrant avec une force et une tendresse infinies. Sa passion effaçait les derniers doutes dans l'esprit de Sylvie, lui révélait combien il avait besoin d'elle et elle s'abandonna, avec toute la fougue de sa nature fervente.

— Sylvie, Sylvie ! Je ne vous laisserai jamais plus me quitter ! Je ne le supporterais pas.

La jeune fille s'écarta légèrement pour contempler son visage tourmenté par le souvenir de ses souffrances.

— Etes-vous sincère ? murmura-t-elle.

Il hocha la tête.

— Oui, profondément. Je me moque de ce que diront les autres, je me moque de ma promesse à Léon. J'ai besoin de vous, Sylvie, vous m'appartenez. Et personne ne pourra nier que je me suis montré patient.

Quelque chose avait troublé Sylvie.

— Léon... Léon vous a dévoilé mon amour pour vous ?

— Comment ? Dévoilé ? C'est moi qui lui ai parlé !

— Je ne comprends pas.

— C'est très simple. Je suis allé voir Léon, il y a environ trois semaines. J'avais absolument besoin de me confier à quelqu'un et je lui faisais confiance... Il vous aime beaucoup, vous savez...

— Oui, je sais. Mais à quel sujet vouliez-vous le voir ?

— C'était à cause de vous, de mes sentiments pour vous !

— De moi ? De votre intérêt pour moi ?

— Non, de mon amour pour vous. Je vous aime, Sylvie.

— Oh Yani !

Avec un petit sanglot, elle se jeta dans ses bras et couvrit son visage de baisers. Yani les lui rendit longuement, tendrement. Puis il se redressa, contemplant le petit visage ému de la jeune fille.

— Me croyez-vous à présent ?

Elle hocha timidement la tête, presque incrédule.

— Mais que lui avez-vous dit d'autre ?

— Vous êtes si jeune ! soupira Yani.

— Ce n'est pas vrai. En fait, j'ai l'impression d'avoir beaucoup vieilli ces derniers mois.

— Votre minceur... Cela ne signifie tout de même pas...

— Ah non ? l'interrompit-elle d'une voix brisée par l'émotion. J'ai cru ne jamais vous revoir.

— Oh Sylvie ! Et j'étais persuadé que vous m'oublieriez très vite, que vous trouveriez un compagnon de votre âge !

Il l'embrassa encore et encore, puis la fixa avec des yeux caressants.

— Léon voulait me dissuader de vous avouer mon amour. Mais au moins, il n'a pas cherché à m'empêcher de venir vous voir.

— Non, bien sûr, acquiesça-t-elle avec un petit rire.

— Pourquoi dites-vous cela ?

— Oh ! Parce que... Il connaissait déjà mes sentiments !

— Il *savait* !

— Oui, il avait deviné... Après votre départ de Monastiros, je... Enfin, j'étais très malheureuse, et Léon en a compris la cause.

— Il ne m'a rien révélé !

— Je lui avais fait jurer le secret, expliqua-t-elle vivement. Chéri, je n'aurais jamais rêvé...

— Redites-le !

— Quoi donc ? Chéri ? Oh ! Yani, mon chéri ! Je vous aime tant !

A nouveau, il chercha sa bouche, tendre, persuasif, emmêlant ses doigts dans la chevelure de Sylvie...

— Peut-être suis-je un affreux égoïste, chuchota-t-il d'une voix rauque, mais j'ai besoin de vous, et je vous apprendrai à avoir besoin de moi, mon amour !

Sous ses mains, Sylvie vibrait comme un violon sous l'archet du musicien. Paupières closes, elle s'abandonnait toute à la griserie de ses sensations, balbutiant des paroles incohérentes, frémissant lorsque les lèvres de Yani se posaient au creux de son oreille et de sa nuque, là où la peau est si fine qu'elle paraît presque transparente. Elle découvrait des plaisirs intenses dont elle n'aurait jamais soupçonné l'existence, son corps entier s'éveillait et Sylvie sombrait toujours plus dans un océan d'ivresse dont rien, semblait-il ne la tirerait plus.

— Sylvie ! Pardonnez-moi ! Je ne devrais pas ! Mais je vous désire tant !

— Il n'y a rien à pardonner, Yani. M'en voulez-vous de répondre à vos baisers ? Est-ce mal ?

— Vous êtes si merveilleuse, Sylvie !

— Pourquoi souriez-vous ? balbutia-t-elle, soudain intimidée.

— Mon amour, je souris de bonheur, à l'idée d'être le premier à vous éveiller. Je vous adore. Vous êtes tout ce dont j'ai toujours rêvé et plus encore.

— Est-ce vrai ?

— Ma chérie !

Il leur fallut encore de longs baisers pour assouvir leur joie. Tant d'heures, de semaines, de mois les avaient séparés !

Longtemps, très longtemps après, ils dînèrent ensemble, assis par terre, dévorant joyeusement poulet et salade, buvant du champagne, les yeux rayonnants, comme éclairés par une lumière intérieure.

— Etes-vous heureuse ? demanda Yani.

— J'ose à peine y croire. Je... J'étais si sûre... Eléni...

— Je n'ai jamais aimé Eléni, lui affirma-t-il gravement. Naturellement, nous étions amis... Et je l'avoue, il y a de cela de nombreuses années, notre relation n'a pas été purement platonique...

Il l'observa pour voir sa réaction, mais Sylvie avait baissé la tête, dissimulant son visage derrière le rideau de ses cheveux blonds. Yani eut un geste impatient.

— Je n'ai jamais songé à l'épouser. J'aurais pu le faire, mais sans doute étais-je trop égoïste pour m'engager de la sorte.

— Egoïste ?

— Oui, il n'y a pas d'autre mot. Eléni le savait bien. C'est pourquoi elle a préféré épouser Giorgio.

— Mais vous n'avez choisi personne d'autre.

— Non. Le mariage ne m'a jamais beaucoup attiré, au grand désespoir de mes parents, d'ailleurs.

— Merci de me le dire, déclara Sylvie d'une voix tendue.

Yani soupira.

— Depuis que je vous ai revue... Depuis votre arrivée à Athènes, il n'y a eu personne d'autre.

— Je vous crois... J'en suis heureuse.

— Comment aurait-il pu en être autrement ? Je ne pouvais penser à personne. Et croyez-moi, cela a parfois été un véritable enfer.

— Un enfer !

— Oui ! Vous étiez si jeune si... innocente ! Et moi, un homme mûr, j'aurais dû me montrer plus raisonnable !

— Yani...

— Non, écoutez-moi ! Lorsque vous êtes partie à Monastiros avec Léon, j'ai été jaloux comme peut l'être un mari. Léon avait beau être mon propre frère, malade, et marié de toute façon, cela n'y changeait rien. N'y pouvant plus tenir, je suis venu vous rejoindre. Et en arrivant, je vous ai trouvée avec Léon, main dans la main. J'ai cru devenir fou ! Je me suis mal conduit, je le reconnais, mais je n'y pouvais rien. Je ne pouvais pas endurer de vous voir, de passer mes nuits à vous désirer... C'est pourquoi je vous ai emmenée à Stavira. Je voulais me prouver que vous n'étiez rien pour moi. Comme je me trompais !

— Mais lorsque Eléni est arrivée, vous êtes reparti.

— J'y étais obligé. Je ne pouvais pas vous révéler mes sentiments pour vous en présence d'Eléni. Je l'ai donc raccompagnée à Athènes, avec l'intention de revenir.

— Mais vous n'êtes pas revenu ! protesta Sylvie.

— Pas tout de suite, non. En arrivant, je suis passé au bureau voir s'il n'y avait pas de messages urgents pour moi. Apprenant ainsi ma présence en ville, mon père m'a fait appeler aussitôt. J'ai passé les deux semaines suivantes au Japon pour négocier un contrat important... Lorsque je suis allé à Monastiros, vous étiez partie.

— Qu'avez-vous fait alors ?

— Je ne suis pas resté longtemps. Margot était là, je n'avais nulle envie de la voir. Toutefois, avant mon départ, j'ai eu une conversation intéressante avec Léon.

— Vraiment ?

— Oui. Je lui ai annoncé mon intention de venir à Londres pour vous voir, et il me l'a déconseillé.

— Comment ? s'exclama-t-elle, stupéfaite.

— Oui. Il m'a montré combien j'étais égoïste, une fois de plus. Vous alliez entrer à l'université, je n'avais pas le droit d'essayer de vous en empêcher. Il m'a demandé d'attendre.

— Et vous avez suivi son conseil.

— Après discussion, oui. Il avait raison. Je devais vous laisser le temps de vous forger une opinion par vous-même. Je regrette tout ce temps perdu, mais si j'étais arrivé tout de suite, vous vous seriez toujours demandé si vous n'aviez pas commis une erreur en ne poursuivant pas vos études.

Sylvie acquiesça devant la logique de cet argument, mais elle réprima un frisson. Comme ç'aurait été affreux si Yani s'était laissé complètement décourager !

— Nous nous marierons donc dans deux semaines, reprit-il.

Elle le contempla, abasourdie.

— Vous... Vous voulez m'épouser ? bredouilla-t-elle. Vous n'y êtes pas obligé... Je veux dire...Nous pouvons...

Elle n'eut pas le temps d'achever sa phrase. Yani, menaçant, s'était levé et l'avait prise par les épaules.

— Le... Le champagne ! protesta-t-elle, manquant de renverser sa coupe.

— De quoi parlez-vous ? l'interrogea-t-il d'un air soupçonneux. Ne voulez-vous pas devenir ma femme ?

— Oh si ! Si, bien sûr, mon chéri ! Je veux être votre femme et vivre avec vous et porter vos enfants, mais je pensais simplement... vous disiez...

Les lèvres de Yani l'interrompirent. Il lui fit pardonner son moment de doute dans un long baiser exigeant, possessif, impérieux.

— Oui, murmura-t-il enfin. Nous nous marierons et vous serez la mère de mes enfants. Mais pas tout de suite. Je vous veux à moi d'abord... Alors, où passerons-nous notre lune de miel ?

— Votre père acceptera-t-il de vous laisser partir ?

— Oui, certainement. Léon est guéri à présent, il pourra me remplacer. Que diriez-vous des îles Fidji ?

— Oh mon amour ! Je vous aime !

— Je vous aime moi aussi.

Sylvie eut une moue espiègle.

— La cérémonie est dans quinze jours ! Dois-je attendre chez maman ?

— Pas si j'ai mon mot à dire !

— Tant mieux ! soupira-t-elle de tout son cœur.

LE VERSEAU

(20 janvier-18 février)

Signe d'Air dominé par Uranus : Logique.

Pierre : Saphir.
Métal : Nickel.
Mot clé : Amitié.
Caractéristique : Altruisme.

Qualités : Sage et prudente d'une part, indépendante et révoltée d'autre part : les contraires s'opposent, le résultat surprend.

Il lui dira : « Je ne désire que votre amour. »

LE VERSEAU

(20 janvier-18 février)

Le dévouement est une des qualités du Verseau. Sylvie n'en manque pas et sa sœur Margot a bien de la chance.

Altruistes, les natives de ce signe refusent la futilité, le temps perdu, les mondanités, les soirées absurdes. Elles sont faites, en somme, pour les choses sérieuses.

Bientôt, l'été!..

Avec ses journées chaudes et ensoleillées, l'été vous invite à la détente et à l'oubli…

Alors, faites provision de rêve, d'aventure et d'émotions heureuses! Sur la plage, à la campagne ou dans votre jardin, partez avec Harlequin, le temps d'un été, le temps d'un roman!

Chaque mois, 6 nouvelles parutions dans Collection Harlequin et Harlequin Romantique, 4 nouvelles parutions dans Collection Colombine et 2 nouvelles parutions dans Harlequin Séduction.

HF-SUM

Éternelle jeunesse du roman d'amour!

On a l'âge de son esprit, dit-on. Avez-vous jamais songé à vérifier ce dicton?

Des romancières célèbres telles que Violet Winspear, Anne Weale, Essie Summers, Elizabeth Hunter… s'inspirant du vrai roman d'amour traditionnel, mettent en scène pour votre plus grand plaisir héros et héroïnes attachants, dans des cadres romantiques qui vous transporteront dans un monde nouveau, hors de la grisaille du quotidien. En partageant leurs aventures passionnantes, vous oublierez soucis et chagrins, vous revivrez les émotions, les joies…la splendeur…de l'amour vrai.

Six romans par mois…chez vous…sans frais supplémentaires…et les quatre premiers sont gratuits!

Vous pouvez maintenant recevoir, sans sortir de chez vous, les six nouveaux titres HARLEQUIN ROMANTIQUE que nous publions chaque mois.

Et n'oubliez pas que les 6 vous sont proposés au bas prix de $1.75 chacun, sans aucun frais de port ou de manutention. Pour vous assurer de ne pas manquer un seul de vos romans préférés, remplissez et postez dès aujourd'hui le coupon-réponse suivant:

-----------------✂-------------------